DEDICATORIA:

P ara Puerto Rico, mi tierra que observa los dramas migratorios como ajenos. El exilio me enseñó verdades que la cercanía ocultaba: niños jugando sin importar papeles, madres cocinando con las mismas manos trabajadoras, padres construyendo futuros inciertos con esperanza cierta. Descubrí que somos herramienta para tender puentes, no para construir muros. Esta historia nace de quien entiende desde lejos lo que no pudo ver desde cerca.

Capítulo 1:
Nuevas Raíces
(Perspectiva de Alejandro)

El sonido del despertador a las cinco de la madrugada me devuelve siempre al mismo recuerdo: el rugido de los motores del avión que nos trajo de Bogotá hace dieciséis años. Rosa temblaba en el asiento de al lado, no por el vuelo, sino por lo que dejábamos atrás y la incertidumbre de lo que nos esperaba. Éramos jóvenes entonces, apenas casados, con sueños grandes y muy poco dinero. Rosa estaba embarazada de tres meses-nuestro primer hijo crecía en su vientre mientras cruzábamos el cielo hacia una nueva vida.

Ahora, mientras me incorporo en esta cama que se tambalea con cada movimiento, miro por la ventana pequeña de nuestro cuarto hacia el patio trasero de los Davis. Su casa de dos plantas se alza imponente comparada con nuestra casita de madera, pero hay algo reconfortante en saber que Travis, el hijo menor de los Davis, juega en el mismo suelo donde Simón construye sus fortalezas de barro.

Cuando llegamos a Kenner, esta casa humilde era lo único que podíamos pagar. Unos cincuenta metros cuadrados divididos en dos cuartos: el nuestro y el de los niños. Una sala diminuta que también sirve de comedor, y una cocinita donde apenas caben dos personas. El baño lo añadió el dueño anterior en lo que antes era una despensa. Pero es nuestro hogar. Es lo que Rosa y yo hemos logrado construir con trabajo y esperanza en esta tierra donde nacieron nuestros hijos.

Recuerdo nuestro primer día aquí. Rosa lloró al ver las manchas de humedad en las paredes, pero inmediatamente se arremangó y comenzó a limpiar. "Aquí crecerán nuestros hijos," me dijo, "aquí echaremos raíces." Esa misma tarde, Wayne Davis -nuestro vecino- tocó a la puerta. No hablaba español y mi inglés era torpe, pero con señas y sonrisas me ofreció trabajo en su empresa de construcción. Había algo en su mirada que me tranquilizó: una honestidad que reconocí a pesar de la barrera del idioma.

En Colombia, yo dirigía obras de ingeniería civil. Construí puentes que aún cruzan el río Magdalena en Barranqueras.. Pero aquí, en Kenner, mis manos se han endurecido cargando ladrillos y mezclando cemento. No me avergüenzo. Un hombre hace lo que debe hacer por su familia.

El colchón emite un leve chirrido cuando me pongo de pie. Rosa se mueve entre las sábanas y abre los ojos un instante.

"¿Ya... las cinco?" Su voz sale pesada de sueño.

"Sí. Duerme un ratito más." Le hablo en voz baja mientras busco mis pantalones de trabajo doblados en la silla.

Ella se incorpora despacio. Aún con los ojos entrecerrados, se echó un chal sobre los hombros y me sigue hacia la cocina.

"Te preparo algo de desayunar." Insiste, adelantándose descalza por el pasillo angosto.

"No hace falta, de verdad..."

Pero ya ha encendido la luz tenue de la cocina y está buscando la sartén.

Mientras ella calienta agua para el café, aprovecho para asomarme a la habitación de los niños. La puerta está entreabierta. En la penumbra distingo a Mateo, que a sus catorce años ha estirado tanto que ya casi no cabe en la vieja cama individual; duerme boca abajo, con el libro de matemáticas aún abierto junto a la almohada. Camila terminó acurrucándose en la misma cama que su hermano mayor; apenas se le ve la melena oscura asomando por el hueco entre la cobija. En la litera de abajo, Simón abraza a su oso de peluche raído. Los tres respiran con la paz de la inocencia. Cierro la puerta con cuidado, prometiéndome que haré todo lo posible por proteger esos sueños.

Mis hijos americanos. Nacidos en este suelo, ciudadanos desde su primer aliento, pero cargando sin saberlo el peso de la vulnerabilidad de sus padres. Mateo, mi ingeniero en ciernes, que sueña con construir puentes como los que yo levantaba en Colombia. Simón, mi pequeño inventor, que ve posibilidades donde otros ven chatarra. Y Camila, mi artista, que dibuja familias felices con casas que tienen jardines grandes.

Vuelvo a la cocina y el aroma del café recién filtrado ya inunda el aire. Rosa me tiende un pocillo humeante. Es café colombiano, de la lata que compramos en la tiendita latina del barrio -La Preferida de doña Carmen, donde el vallenato suena bajito todo el día y huele a pandebono fresco los domingos. No importa cuán ajustados estemos de dinero, el café de nuestra tierra es la pequeña indulgencia que nos permitimos.

"Gracias, mi amor." Rodeo con mis manos la taza para absorber su calor.

Ella me ofrece también una arepa caliente con queso que acaba de sacar del comal. Aprieta mi mano un instante.

"Que Dios te cuide." Sus ojos reflejan tanto orgullo como preocupación.

Asiento y le doy un beso suave en la frente antes de salir.

La mañana está húmeda, típica de Louisiana. El aire pesa como una cobija mojada y huele a bayou -esa mezcla de agua estancada, vegetación y misterio que después de dieciséis años aún me resulta extraña. Echo de menos el aire frío y delgado de Bogotá, pero mis pulmones se han acostumbrado a respirar esta sopa espesa.

Wayne ya está esperándome en su pickup, tomando café de un termo enorme con la bandera americana. Me hace una seña con la cabeza cuando me ve salir.

"Morning, Alex."

"Buenos días, jefe."

Es nuestro ritual. Él me llama Alex porque Alejandro se le enreda en la lengua. Yo lo llamo jefe, aunque después de cuatro años trabajando juntos, somos más compañeros que jefe y empleado. Wayne maneja mientras yo reviso los planos del día en mi libreta -esa donde anoto todo en una mezcla de español e inglés que solo yo entiendo.

En la obra, el sol ya castiga aunque apenas son las seis y media. Louisiana no perdona, especialmente en verano. Organizo a los muchachos -la mayoría latinos como yo, algunos con papeles, otros sin ellos, todos con familias que alimentar.

"Miguel, tú vas con Carlos en los cimientos. José y Roberto, conmigo en el segundo piso. Andando, que hoy hay que terminar el enmarcado."

Trabajo con precisión mecánica, pero mi mente está en otro lado. En tres semanas, Mateo se gradúa de octavo grado. Será el mejor de su clase -su maestra me lo dijo con orgullo, como si fuera su propio hijo. "Tiene mente de ingeniero," me dijo. "Debería aplicar a las mejores preparatorias."

Mente de ingeniero. Como su padre. Como el hombre que construyó el Puente Magdalena, aunque aquí nadie lo sepa. Aunque mis diplomas no valgan nada sin el sello correcto, sin el número de seguro social que no sea comprado en una esquina de Metairie por trescientos dólares.

A la hora del almuerzo, nos sentamos bajo la sombra de un roble enorme. Los muchachos sacan sus loncheras -tacos, pupusas, arepas, un mapa gastronómico de Latinoamérica. Comparten, como siempre. Es la ley no escrita: si alguien tiene menos, los demás compensan.

Miguel me pasa una empanada que hizo su mujer. "Prueba, compa. Con ají colombiano del bueno."

La muerdo y el picante me hace lagrimear, pero es un ardor familiar, de casa. Los demás se ríen cuando me ven buscar agua.

"¡El colombiano no aguanta el picante!"

"Es que este ají es mexicano," me defiendo, riendo también. "Ustedes no conocen el ají de mi tierra."

Son momentos como estos los que hacen llevadero el exilio. Esta hermandad de sudor y nostalgia compartida, donde todos entendemos sin necesidad de explicar por qué estamos aquí, lejos de nuestras montañas, nuestros mares, nuestras madres.

Wayne se acerca con su sándwich de mantequilla de maní. A veces come con nosotros, practicando su español mocho.

"¿Cómo se dice... good job?"

"Buen trabajo," le digo.

"Buen tra-ba-jo," repite, y todos asentimos aunque su acento es terrible. Pero lo intenta, y eso cuenta.

La tarde transcurre entre martillazos y el zumbido de las sierras eléctricas. A las cuatro, cuando el calor es insoportable, Wayne me llama aparte.

"Alex, tengo que hablar contigo."

Mi estómago se contrae. En dieciséis años de vivir en las sombras, he aprendido a reconocer el tono que precede a las malas noticias.

"¿Sí?"

"La empresa matriz está pidiendo... documentación actualizada. De todos los empleados."

El mundo se detiene por un segundo. Luego sigue girando, porque tiene que seguir, porque tengo una familia que me espera en casa.

"Entiendo."

Wayne no me mira a los ojos. "Solo te aviso. Por si... por si necesitas actualizar algo."

Traducción: prepara tus cosas, busca otro trabajo, desaparece antes de que sea tarde. Wayne es un buen hombre, pero tiene sus límites. No puede arriesgar su negocio por un indocumentado, por más que seamos vecinos, por más que nuestros hijos jueguen juntos.

"Gracias por avisar."

Asiente y se aleja. Sigo trabajando porque no sé hacer otra cosa. Mis manos colocan tablas, martillan clavos, construyen paredes que albergarán familias con papeles, con derechos, con futuro asegurado.

Camino a casa, el peso del día se instala en mis hombros. Dieciséis años. Dieciséis años trabajando, pagando impuestos, siendo un buen vecino, un buen padre, un buen hombre. Pero nada de eso importa sin el papel correcto, sin el sello que diga que perteneces.

Paso por la tienda de doña Carmen. El noticiero en español habla de redadas en Nueva Orleans, de familias separadas, de niños que llegan a casa y encuentran vacío. Compro leche y pan, fingiendo que no escucho, que no siento el miedo reptando por mi columna.

Doña Carmen me mira con esos ojos que han visto demasiado. "Cuídese, Alejandro. Están movidos los perros."

Es nuestro código. *Los perros están movidos* significa que ICE está activo, que hay que andar con más cuidado que de costumbre, que tal vez es hora de tener la maleta lista.

Llego a casa cuando el sol se pone, pintando el cielo de naranjas y rojos que me recuerdan los atardeceres en Bogotá. Rosa está en la cocina, el olor a sancocho flota en el aire. Los niños están regados por la sala -Mateo con sus libros, Simón construyendo algo con legos, Camila dibujando.

"¡Papi!" Camila corre a abrazarme, y por un momento todo está bien. Su abrazo huele a crayones y a infancia, a todas las razones por las que vale la pena el miedo constante.

"¿Cómo estuvo tu día, princesa?"

"Dibujé nuestra familia. Mira, este eres tú, esta es mami, este es Mateo con su libro, este es Simón con sus inventos, y esta soy yo."

Miro el dibujo. Somos figuras de palitos tomados de la mano, sonriendo bajo un sol amarillo. En el fondo, dos casas -la nuestra y la de los Davis. Lo que me golpea es que dibujó raíces bajo nuestras figuras, líneas que se hunden en la tierra y se entrelazan.

"¿Por qué las raíces, mi amor?"

"Porque la maestra dijo que las familias son como árboles. Necesitamos raíces fuertes para no caernos."

La abrazo más fuerte, tragando el nudo en mi garganta. Mi niña de seis años entiende más de lo que debería.

Durante la cena, les cuento a medias sobre la conversación con Wayne. Rosa capta el mensaje real detrás de mis palabras cuidadosas. Veo el miedo cruzar su rostro antes de que lo esconda tras una sonrisa por los niños.

"Tal vez es tiempo de buscar otros horizontes," digo, masticando el sancocho que de repente sabe a cartón.

"¿Nos vamos a mudar?" pregunta Simón, emocionado. Para él, mudarse es aventura, no supervivencia.

"No sé, mijo. Tal vez."

Mateo me mira fijamente. A sus catorce años, entiende más de lo que dice. Ha visto las noticias, ha escuchado las conversaciones en voz baja, conoce a compañeros de escuela que un día simplemente no volvieron.

"¿A dónde iríamos?" Su voz tiembla ligeramente.

"No sé. Tal vez a otro estado. Tal vez..." *Tal vez a Colombia*, pienso, pero no lo digo. ¿Cómo les explico a mis hijos americanos que tal vez tengan que irse al país de sus padres, un lugar que solo conocen por fotos y cuentos?

Después de cenar, ayudo a Mateo con su proyecto de ciencias. Está construyendo un modelo de puente -por supuesto. Sus manos trabajan con la misma precisión que las mías, midiendo, calculando, asegurándose de que cada pieza esté en su lugar.

"Papá, ¿por qué vinieron aquí? Tú y mamá."

La pregunta me toma por sorpresa. Dejo el pegamento y lo miro.

"Por ustedes. Aunque no lo sabíamos en ese momento. Vinimos para que ustedes pudieran nacer en un lugar con más oportunidades."

"¿Pero tú eras ingeniero allá, verdad? Aquí eres... eres obrero."

El dolor en su voz me parte el alma. Mi hijo se avergüenza de mí, o tal vez se avergüenza por mí.

"Soy el mismo hombre, Mateo. Los títulos no me definen. Lo que me define es esto -toco su pecho, sobre el corazón- y esto -toco su frente-. Lo demás son papeles."

"Pero los papeles importan." No es una pregunta.

"Sí," admito. "En este mundo, los papeles importan más de lo que deberían."

Más tarde, en la cama, Rosa y yo hablamos en susurros aunque los niños ya duermen.

"¿Qué vamos a hacer?"

"No sé. Podría buscar trabajo con los cubanos en la construcción del centro. O tal vez..."

"¿Tal vez qué?"

"Tal vez es hora de volver."

El silencio se extiende entre nosotros como un abismo. Volver significa admitir derrota. Significa arrancar a nuestros hijos de la única vida que conocen. Significa empezar de cero a los cuarenta y un años.

"Los niños..." empieza Rosa.

9

"Lo sé."

"Mateo está a punto de ir a la preparatoria. Simón acaba de entrar al equipo de fútbol. Camila..."

"Lo sé."

Nos quedamos en silencio, cada uno perdido en sus miedos. Afuera, un tren pasa a lo lejos, su silbato corta la noche como un lamento. Me recuerda que estamos siempre en tránsito, siempre a punto de partir, aunque llevemos dieciséis años fingiendo permanencia.

Me levanto sin poder dormir y salgo al pequeño patio trasero. El cielo está despejado, las estrellas brillan con esa intensidad que solo he visto en Louisiana y en las montañas de Boyacá. Son las mismas estrellas, me recuerdo, aunque el suelo bajo mis pies sea diferente.

Del otro lado de la cerca, veo luz en el garaje de Wayne. Está trabajando en algo, probablemente su viejo Mustang que siempre está reparando. Por un momento considero ir a hablar con él, explicarle mi situación, pedirle más tiempo. Pero sé que no serviría. Wayne tiene sus propias presiones, su propia familia que proteger.

Un ruido me hace voltear. Mateo está en la puerta, en pijama.

"¿No puedes dormir?"

Niega con la cabeza y viene a sentarse conmigo en los escalones.

"Papá, si nos tenemos que ir... ¿podré terminar la escuela?"

"Haremos todo lo posible."

"No es justo."

"No, no lo es."

Nos quedamos mirando las estrellas. Mi hijo americano y yo, el inmigrante eterno. Unidos por sangre y separados por documentos.

"¿Sabes qué es lo más importante de un puente?" le pregunto de repente.

"¿Los cimientos?"

"La flexibilidad. Un puente rígido se quiebra con el primer temblor. Uno flexible se mueve, se adapta, pero no se cae."

Mateo asiente, entendiendo la metáfora.

"Nosotros somos flexibles, ¿verdad, papá?"

"Los más flexibles del mundo, mijo."

Volvemos adentro cuando el rocío comienza a caer. Mateo se va a su cuarto y yo me quedo en la cocina oscura, bebiendo agua, pensando. En la nevera, bajo un imán de Los Simpson, está el dibujo de Camila. Nuestra familia con raíces entrelazadas.

Todo lo que se sostiene, comienza bajo tierra, pienso. Es lo que escribí una vez en mi libreta de ingeniero, cuando calculaba la profundidad necesaria para los cimientos del Puente Magdalena. Nunca imaginé que la frase se aplicaría a mi propia vida, a estas raíces que hemos echado en tierra prestada.

Mañana buscaré otro trabajo. Mañana hablaré con el cubano de la construcción. Mañana seguiré construyendo, porque es lo único que sé hacer. Construir puentes entre lo que dejamos y lo que buscamos. Entre lo que somos y lo que nuestros hijos llegarán a ser.

Por ahora, en esta cocina a oscuras que huele a café colombiano y sueños americanos, me permito un momento de debilidad. Me permito sentir el peso de ser el atlas que sostiene el mundo de mi familia sobre hombros que empiezan a cansarse.

Pero solo un momento. Porque en unas horas sonará el despertador, y volveré a levantarme, volveré a construir, volveré a sostener.

Es lo que hacemos los que vivimos entre dos mundos. Es lo que hacemos los que echamos raíces en el bayou.

CAPÍTULO 2:
AMERICAN MADE
(PERSPECTIVA DE WAYNE
DAVIS)

Despertar patriótico

El despertador sonó a las 5:30 AM, justo como siempre, pero Wayne ya estaba despierto desde cinco minutos antes. No necesitaba la alarma. Su cuerpo estaba entrenado después de años levantándose con el sol, años de trabajo duro, de ser el primero en llegar a la obra y el último en irse.

Tocó la mesita con el reverso de la mano hasta encontrar la radio portátil y la encendió. La estática dio paso a una voz firme, iracunda y reconfortante:

"...y si creen que la izquierda radical va a detener la deportación de ilegales, ¡tienen otra cosa que pensar! Esta nación tiene fronteras, tiene leyes. No puedes simplemente entrar como si fuera tuyo. Eso no es xenofobia. Es sentido común."

Wayne asintió para sí mismo mientras se desperezaba. El locutor -el nuevo reemplazo de Limbaugh, ese tipo de Texas que le gustaba tanto- seguía hablando con una claridad que a Wayne le parecía escasa en el país últimamente. *Law and order. Patriotismo. Trabajo duro. Respeto.* No entendía por qué era tan difícil para algunos seguir esas reglas básicas.

Se sentó al borde de la cama y estiró los brazos. En la penumbra, la silueta de Darlene ya se movía por el pasillo, probablemente encendiendo la cafetera y revisando las loncheras. Su mujer era de las que hacían las cosas bien: rezaba cada mañana, mantenía la casa limpia y criaba a sus hijos con mano firme. Wayne lo sabía: la suerte le había sonreído.

En el baño, mientras se lavaba la cara, miró su reflejo: ojos aún cansados, barba que necesitaba una pasada de máquina, la misma cicatriz junto al cuello que tenía desde la secundaria cuando se peleó defendiendo la bandera de la escuela de unos punks que querían quemarla. No se veía tan joven como antes, pero se sentía más fuerte que nunca. Capataz en Davis Construction, al frente de toda una cuadrilla. No todos podían decir eso. Y mucho menos en estos tiempos donde -según lo que oía cada mañana- "los ilegales te quitan el puesto mientras sonríen".

Wayne recordó de repente a su abuelo paterno, ese viejo terco de Oklahoma que nunca hablaba de cómo llegó de Irlanda. Solo una vez, borracho en Navidad, le había contado sobre las señales en Boston: "No Irish Need Apply." El viejo había cambiado su apellido de O'Dáibhis a Davis, había enterrado su acento, había construido una vida americana ladrillo por ladrillo. "Nunca olvides," le había dicho, apretándole el hombro con dedos callosos, "que todos fuimos extraños alguna vez."

Pero eso era diferente, ¿no? Su abuelo había venido legal. O al menos eso creía Wayne. La verdad era que nunca había preguntado. Nunca había querido saber.

En el vestidor, abrió su cajón de camisetas y eligió una roja con letras blancas: "We don't kneel for the flag. We stand. Proud American." La alisó con la palma de la mano antes de ponérsela. Luego colocó su gorra en la cabeza: la vieja fiel con la bandera bordada y la inscripción "Back the Blue".

Al bajar a la cocina, el aroma a tocino y café ya impregnaba el aire. Darlene estaba sirviendo los platos con eficiencia militar. En la mesa, Travis aún tenía legañas en los ojos y jugaba con la tostada como si fuera un avión.

"Morning, babe." Wayne le dio una palmada cariñosa a Darlene en la cadera.

"Morning. Tu café está en la taza roja." Ella respondió sin girarse, concentrada en no quemar los huevos.

El televisor encendido en la cocina mostraba un clip de una caravana de migrantes acercándose a la frontera. Un banner en rojo gritaba: "Crisis migratoria: 8,000 cruzan en una semana." Wayne negó con la cabeza y tomó un sorbo de café.

"¿Viste esto?" Darlene giró finalmente con la espátula en mano. "Dicen que vienen más. Que algunos hasta se entregan a propósito para quedarse."

"Y con abogados gratis y todo." Wayne sintió la indignación subir. "¿Dónde está la ayuda gratis para los que pagamos impuestos?"

15

Travis miró a sus padres sin entender del todo.

"¿Papá, los inmigrantes son malos?"

Wayne se detuvo, el tenedor a medio camino de su boca. Era una pregunta simple con una respuesta complicada. Pensó en Alejandro, esperándolo probablemente ya en su porche con la lonchera en la mano.

"No, hijo. No todos. Pero hay reglas. Si alguien entra a tu casa por la ventana, sin permiso, ¿te parece bien?"

"No..." Travis bajó la vista.

"Pues eso hacen algunos de esos tipos. No es personal. Pero este país tiene puertas, no agujeros."

Darlene asintió, aunque no dijo nada más. Sirvió los huevos, recogió las mochilas de los niños y empezó a organizar la lonchera de Savannah sin que nadie se lo pidiera. A Wayne le gustaba esa eficiencia callada. Le daba paz. Era la base de su hogar.

"¿Recoges a Alejandro hoy?" preguntó ella.

"Sí, como siempre. Él vive justo por la curva. Nos queda de paso."

No lo dijo en voz alta, pero Wayne apreciaba a Alejandro. El tipo era trabajador, callado, cumplido. Y no se metía en política ni en cosas raras. Era "uno de los buenos", pensaba. Aunque claro, era obvio que no tenía papeles. Wayne no preguntaba. Y Alejandro no ofrecía.

2. Camino al trabajo

La radio seguía encendida cuando Wayne dobló por la curva del vecindario. La voz del locutor resonaba con claridad en la cabina de la pickup:

"...y esta administración, señores, no está aquí para pedir perdón. Está para poner orden. Empezaron ya las deportaciones en varios estados y vamos a seguir. Vamos tras los ilegales que abusan del sistema. No más excusas. No más amnistías."

Wayne asentía, casi sin darse cuenta. No porque odiara a nadie -eso siempre lo aclaraba cuando hablaba con otros en la obra-, sino porque creía que las reglas estaban para cumplirse. Las reglas eran lo único que separaba el caos del país que él amaba.

Se detuvo frente a la casita de madera de los Ramírez. Alejandro ya lo esperaba afuera, puntual como siempre, con su lonchera en la mano y el rostro lavado pero ojeroso. Wayne tocó el claxon una vez, breve, y el colombiano subió con paso rápido.

"Good morning." Alejandro acomodó su cuerpo en el asiento del copiloto.

"Morning, buddy." Wayne le tendió el termo de café que siempre llevaba de sobra, aunque nunca decía que era para Alejandro. Era simplemente el de más.

"Thanks."

Conducían en silencio por unos minutos, atravesando calles aún medio dormidas, mientras los árboles altos de Kenner se sacudían bajo una brisa tibia y húmeda.

"You hear about the new raids?" Wayne rompió el silencio, sin mirar a Alejandro.

"Raids?" Alejandro repitió, su acento marcando la palabra.

"Yeah. I heard in Baton Rouge last week. They're cracking down. It's about time. Right?"

Alejandro no respondió. Mantuvo la vista fija al frente, con una mueca neutra en el rostro. Wayne lo notó, pero no supo si era por el inglés o por el tema. Le dio un sorbo a su café.

"Not you, though." Wayne añadió rápidamente. "You're different. You work hard."

"Sí... gracias." La voz de Alejandro salió como un susurro.

Wayne sintió que había hecho lo correcto. Que había aclarado. Pero en realidad, no había aclarado nada. Solo reforzó el pensamiento que repetía cada vez que se sentía incómodo: *los demás son el problema. No este. Este es uno de los buenos.*

3. En la obra - La dependencia

El calor ya se sentía desde temprano. La humedad del sur se pegaba a la piel como una segunda camisa. Wayne bajó de la camioneta y saludó con la cabeza a los primeros trabajadores que llegaban.

"Morning', fellas. Let's make it a good one."

Se ajustó el casco blanco y desenrolló los planos sobre el capó de la camioneta de la empresa. Revisó la hoja de cimentación que le habían entregado, arrugó el entrecejo, e hizo una señal para que todos se reunieran.

"Alright, we're setting the foundation over here. Rebar comes in by ten. We'll dig three feet across this section and pour it by afternoon."

Alejandro, de pie al fondo, frunció levemente el ceño. Esperó que los demás se dispersaran y se acercó en voz baja.

"Boss... the rebar goes before the trench is poured. It's too wide, no support."

Wayne lo miró, procesando.

"Hmm, what do you think?"

"Sí. If we dig now, the concrete won't hold. Needs formwork."

Wayne asintió, haciéndose el pensativo. Luego se volvió hacia los otros.

"Change of plans! Let's set up the formwork first. Rebar goes in tight. Good catch." Lo dijo en voz alta, como si hubiera sido su idea.

Alejandro no dijo nada. Solo asintió, acostumbrado ya a ese baile de sugerencias invisibles.

El resto del equipo, latinos en su mayoría, lo sabía. Sabían que muchas veces era Alejandro quien corregía errores antes de que fueran costosos. Que era él quien mediaba cuando las instrucciones venían erradas. Pero Wayne rara vez lo reconocía más allá de un "good job". No por maldad. Simplemente porque no se le ocurría que debía hacerlo.

A media mañana, otro error: Wayne indica que coloquen un muro de carga en línea recta, cuando el plano muestra un ángulo. Alejandro vuelve a acercarse, esta vez acompañado por Jairo, un hondureño de mandíbula filosa.

"Boss... corner here. Thirty degrees."

Wayne se rasca la cabeza, revisa los planos y masculla un "Right. Good eye, fellas."

Pero cuando llega el ingeniero de inspección más tarde, Wayne le dice: "Yeah, I caught a misalignment this morning. We adjusted early. No delay."

El ingeniero lo felicita. Wayne se infla. Alejandro sigue con su nivel de burbuja, en silencio.

4. Almuerzo - Círculo de eco

A la hora del almuerzo, los trabajadores latinos se sientan en una sombra improvisada con loncheras envueltas en trapos húmedos para mantenerlas frescas. Wayne, en cambio, se queda con Jim, Charlie y los demás del "círculo duro": blancos sureños, bigotes espesos, gorras de cazadores.

"It's getting worse, man." Jim pela un huevo duro con movimientos bruscos. "They're everywhere. Gas stations, Walmart, and even a tent city behind the outlet mall."

"Tell you what, they work cheap, but they'll sink the country if we don't act." Charlie escupe tabaco en una lata vacía.

Wayne mastica su sándwich con calma. Luego comenta:

"Not all 'em. Alejandro's different. Keeps his head down. Smart guy."

"That's what they want you to think, bro." Jim se limpia la boca con el dorso de la mano. "Today it's Alejandro. Tomorrow it's twenty Alejandros."

Wayne no responde. Cambia el tema. Cuenta que esta semana finalmente formalizó Davis Construction como empresa independiente, aunque ya llevaba tiempo trabajando por su cuenta.

"They finally made it official. The company's growing. Said I've got 'management potential.' "

"Hell yeah, man!" Charlie levanta su lata de Mountain Dew en un brindis burlón.

Wayne se ríe, contento. No se detiene a pensar que sin Alejandro, sin sus correcciones diarias, probablemente ya habría causado tres retrasos costosos.

5. Tarde en casa

Al llegar a casa esa tarde, Wayne cuelga su casco en la entrada, se quita las botas polvorientas y se deja caer en su butaca favorita. El cuero cruje bajo su peso, ese sonido familiar que significa que el día de trabajo terminó. Travis viene corriendo a mostrarle un dibujo, y Savannah le lanza un saludo breve desde la mesa donde hace tarea.

"¿Cómo te fue, papá?" Travis se trepa a su regazo.

"Bien, campeón. Estamos construyendo una casa nueva. Una grande. Como para un general." Le guiña el ojo.

Desde el porche, se ve a Alejandro en su jardín, revisando un tubo roto con una llave inglesa. Wayne lo saluda con la mano desde la ventana. Alejandro responde con un gesto breve antes de volver a su trabajo.

La cena está servida poco después. Jambalaya con pan de maíz. Darlene da gracias antes de comer, una oración larga que incluye peticiones por el país, por el presidente, por la seguridad de las fronteras. Wayne mantiene los ojos cerrados pero su mente divaga.

"Hoy entrevistaron a una mujer que dice que ICE se llevó a su esposo mientras iba a trabajar." Darlene corta el pan con movimientos precisos. "Pero no dijeron si tenía antecedentes. Siempre omiten eso."

"Exacto." Wayne mastica, sintiendo las especias del jambalaya. "Uno no entra a un país como quien cruza una cerca. Hay reglas. No es justo para los que hacen fila, como debe ser."

Savannah baja la mirada. No dice nada. Travis escucha con atención.

"Papá... ¿los inmigrantes son malos?"

Wayne hace una pausa, repite el discurso de la mañana, más pulido.

"No, hijo. Pero hay reglas. Si alguien entra en tu casa sin permiso, ¿cómo sabes que no viene a hacer daño?"

Desde la ventana se ve a Alejandro recogiendo las herramientas en su jardín. Suda. Se agacha a cerrar el grifo. El mismo hombre que, sin papeles, sostuvo los cimientos de media obra esa mañana. El que ayudó a corregir planos que Wayne ni entendía.

La ironía se asoma. Pero nadie en la casa la nombra.

6. Reflexión nocturna

Wayne se recuesta en la cama con el control remoto en la mano. Fox News ilumina la habitación con su tono azul pálido. El presentador habla de redadas en Texas, de cooperación entre la policía local y ICE. Wayne asiente, medio dormido.

"It's about time..." murmura.

En su mente, repasa el día: órdenes cumplidas, concreto bien vertido, ascenso confirmado. Todo va bien. América está volviendo a ser lo que era.

En la pantalla, el presentador dice: "Tenemos que cerrar la puerta. No se puede ayudar a todos."

Wayne cambia de canal. Deja puesta una película de vaqueros y cierra los ojos. John Wayne -su tocayo, como le gustaba decir- cabalga por un desierto infinito, persiguiendo a los malos, salvando el día. Simple. Claro. Blanco y negro.

Desde el patio trasero, Alejandro termina de guardar sus herramientas. La luz del porche se apaga.

Wayne duerme tranquilo, sin saber que vive de la mano de quien su país quiere echar.

CAPÍTULO 3:
FORTALEZA SILENCIOSA
(PERSPECTIVA DE ROSA
RAMÍREZ)

Despertar antes del amanecer

El reloj marcaba las 4:30 AM cuando Rosa abrió los ojos. No porque sonara la alarma, sino porque su cuerpo ya estaba acostumbrado a esa hora, como si el deber la despertara por dentro. Se quedó un momento en silencio, escuchando la respiración pausada de Alejandro a su lado, los ruidos suaves de la casa dormida. A través de la ventana se filtraba apenas una luz tenue; afuera, Kenner seguía sumido en la oscuridad del amanecer.

Alejandro se movió ligeramente, murmuró algo en sueños -algo sobre concreto y medidas- y extendió el brazo buscándola. Rosa le tocó la mano suavemente, una caricia silenciosa que decía *estoy aquí, pero debo irme.* Él tenía media hora más de sueño antes de levantarse para su trabajo en construcción.

Luego se sentó con cuidado en el borde de la cama. Las tablas del piso crujieron levemente bajo su peso -esa casa vieja tenía su propio lenguaje de sonidos que Rosa había aprendido a interpretar. Se puso los calcetines con movimientos precisos, y salió del cuarto sin hacer ruido. Sus pies conocían cada tabla del piso, cada crujido que debía evitar. Era una danza silenciosa que había perfeccionado a lo largo de tres años trabajando en el hotel.

En la cocina, encendió la luz pequeña sobre el fregadero -nunca la luz principal, demasiado brillante para la madrugada- y comenzó su rutina: café a hervir en la greca italiana que había comprado en una venta de garaje, arepas al comal que Alejandro había instalado especialmente para ella, loncheras alineadas en la mesa como soldados esperando órdenes. El aroma del café se expandió por la casa como una bendición matutina, mezclándose con el olor a maíz tostado de las arepas.

Mientras la cafetera burbujeaba, tomó un trapo húmedo y repasó los gabinetes, los bordes de la estufa, el marco de la ventana. No porque estuvieran sucios -nunca lo estaban- sino porque la limpieza era su forma de meditación, su manera de imponer orden en un mundo que amenazaba constantemente con derrumbarse. En Medellín, su madre hacía lo mismo: "Mija," le decía, "cuando todo se vuelve loco, limpia. Es lo único que podemos controlar."

Sus manos se movían con precisión automática: mantequilla en las arepas, tajadas de queso blanco que compraba en la tienda de doña Carmen, un poco de aguacate cuando había. Para Mateo, que se había vuelto melindroso con la adolescencia, solo queso. Para Camila, que siempre pedía "de todo, mami, de todo", una arepa completa con hasta un poquito de hogao. Para Alejandro, dos arepas porque salía más temprano y no almorzaba hasta tarde, y porque un hombre que trabaja construcción necesita combustible.

Cuando todo estuvo en marcha, se detuvo un instante en el pasillo, frente a la pequeña cruz de madera colgada entre los cuartos de los niños. Era de madera clara, tallada a mano, un regalo de su madre antes de partir de Colombia. "Para que la Virgen te proteja en esa tierra extraña," había dicho su madre en el aeropuerto, llorando. Rosa cerró los ojos y rezó en voz baja. No pedía milagros, solo protección. Que esa casa siguiera siendo su refugio. Que sus hijos pudieran crecer sin miedo. Que las redadas no llegaran hasta su puerta.

"Señor," murmuró, "danos un día más. Solo un día más."

2. Viaje al trabajo

Salió a las 5:15, antes de que el cielo aclarara. El aire era espeso, húmedo, cargado de los olores del bayou: tierra mojada, vegetación densa, y algo más indefinible que solo Louisiana tenía. Caminó por la acera agrietada con paso firme, sus zapatos de trabajo -comprados en Goodwill pero bien cuidados- resonando suavemente contra el pavimento irregular.

A lo lejos, algunas casas seguían oscuras, pero ya se veían las primeras luces de quienes, como ella, comenzaban el día antes del amanecer. La de los Davis ya tenía luces encendidas en la cocina. A través de la ventana, Rosa vio la silueta de Wayne subir a su camioneta, termo de café en mano. Rosa bajó la mirada instintivamente. Por alguna razón, siempre le daba pudor que la vieran en ese tramo, como si fuera un espacio invisible entre su mundo y el de ellos.

En el paradero se encontraron las mismas mujeres de siempre: Teresa, hondureña, que limpiaba casas en Metairie y siempre traía galletas María para compartir; María, que trabajaba con ella en el hotel y tenía esa risa contagiosa que aliviaba cualquier cansancio; la joven mexicana con uniforme de enfermera cuyo nombre nunca había preguntado pero que siempre sonreía; Dolores, salvadoreña, que cuidaba a una anciana en River Ridge y conocía todos los chismes del barrio. Entre todas compartían más que el autobús: compartían el miedo cotidiano, los sueños postergados, las estrategias de supervivencia.

"¿Viste que ayer pararon a Chencho?" Teresa habló en voz baja mientras esperaban el autobús, mirando alrededor como si las paredes tuvieran oídos.

Rosa no conocía a Chencho personalmente, pero asintió. En su mundo, todos conocían a alguien que conocía a alguien que había sido deportado. Era como una red de dolor que los conectaba.

"Lo agarraron saliendo del Walmart. Dicen que alguien llamó cuando lo vio en el estacionamiento. La vecina gringa, la del perro grande."

Rosa sintió el escalofrío familiar bajando por su espalda. Walmart. Un lugar tan normal, tan americano. Comprando leche, tal vez, o pañales para sus hijos. Y de repente, tu vida entera destruida por una llamada anónima.

"Hay que andar con más cuidado," añadió Dolores, apretando su bolso contra el pecho. "Mi patrona me dijo que vio camionetas blancas por River Ridge la semana pasada."

El autobús llegó con su rugido familiar. Subieron en silencio, cada una perdida en sus propios miedos. Rosa se sentó junto a María, como siempre, en los asientos del medio -nunca adelante donde eres muy visible, nunca atrás donde pareces sospechosa.

"¿Oíste lo de la redada en Metairie la semana pasada?" María susurró una vez que el autobús se puso en marcha.

"No... ¿en serio?"

"En el hotel Marriott. Se llevaron a cuatro del housekeeping. Uno saliendo del cuarto de lavandería. A plena luz del día. La supervisora ni dijo nada, solo siguió con su clipboard como si nada."

Rosa sintió náuseas. Podría haber sido su hotel. Podría haber sido ella. El paisaje urbano se volvía más gris, más grande, a medida que se acercaban a Nueva Orleans. Edificios más altos, tráfico más denso, un mundo donde nadie sabía su nombre completo, pero todos la conocían por su uniforme verde del Hotel Riverside.

3. El peso de los sueños

Durante el viaje en autobús, Rosa sacó discretamente su libreta de ahorros. Era pequeña, con tapas de plástico azul descolorido, comprada en la farmacia del barrio por noventa y nueve centavos. En la primera página había escrito con letra cuidadosa: "Para el futuro de mis hijos." Las palabras se habían desvanecido un poco con el tiempo y el uso, pero seguían legibles, como una promesa que se negaba a borrarse.

En las páginas siguientes, llevaba la cuenta exacta de cada dólar ahorrado:

-"+$15 ayer (propina del 405)"

-"+$20 propina de la señora del 305 (la que siempre deja chocolates)"

-"-$30 medicinas para Mateo (antibióticos para la infección)"

-"+$25 turno extra el domingo"

-"+$10 encontrados en el 511 (no reclamados en lost and found)"

Cada entrada era pequeña, pero constante. Como gotitas que llenan el vaso. Como las hormigas que su abuela admiraba en Medellín: "Mira, Rosa, cómo cargan pedacitos. Así se construyen los hormigueros, así se construyen los sueños."

En la última página, había dibujado su sueño: una camioneta con toldo amarillo y rojo, humeante, rodeada de gente feliz comiendo. "Sabor Colombiano en el Bayou," había escrito debajo. A veces le añadía detalles: un letrero con luces, Alejandro sonriendo mientras servía, los niños ayudando los fines de semana.

El total actual: $3,847. Después de tres años. A ese ritmo, necesitaría otros diez años para juntar lo suficiente. Pero no importaba. Era su sueño, su manera de imaginar un futuro donde no dependieran de nadie, donde fueran sus propios jefes, donde nadie pudiera despedirlos por no tener los papeles correctos.

4. Dignidad en el trabajo

El Hotel Riverside tenía cinco pisos y ventanas brillantes como espejos que reflejaban el río Mississippi. Era uno de esos hoteles que parecen importantes, con un lobby de mármol y arañas de cristal, pero que por detrás, en los pasillos de servicio, mostraba su verdadera cara: pintura descascarada, olor a cloro industrial, y el runrún constante del aire acondicionado defectuoso.

Rosa se puso su delantal verde -siempre lavado, siempre planchado, porque "la pobreza no es excusa para el descuido," como decía su madre- y comenzó su ronda: habitación 201, sábanas manchadas de café y algo que parecía vino tinto; habitación 205, toallas tiradas por todo el baño como si hubiera habido una batalla; habitación 210, una propina de cinco dólares sobre la mesa de noche con una nota: "Gracias por hacer que todo brille."

Le gustaba su trabajo, contra lo que muchos pudieran pensar. Había dignidad en limpiar, en dejar las cosas mejor de como las encontraba. Cada cuarto era un nuevo mundo por arreglar, una pequeña victoria sobre el caos. Las sábanas bien estiradas, las toallas dobladas en ángulos perfectos, el papel higiénico con esa puntita triangular que nadie notaba pero que ella hacía de todos modos.

"Room 214, late check out." La señora Ellen, la supervisora, pasó con su tablet sin levantar la vista. Era una mujer delgada, siempre apurada, que hablaba como si las palabras le costaran dinero. Pero no era mala. Solo estaba cansada, como todas.

Rosa no se lo tomaba personal. Había aprendido que a veces la invisibilidad era una forma de protección. Ser vista significaba ser recordada, y ser recordada no siempre era bueno para alguien en su situación.

En el cuarto 308, encontró a una huésped, una mujer de mediana edad con acento texano y joyas que brillaban demasiado para ser reales.

"¿Habla inglés?" La mujer la miró con esa mezcla de condescendencia y curiosidad que Rosa conocía bien.

"Yes, ma'am. You need something?"

"Solo quería decirle que ayer dejó mi cuarto perfecto. Mi hijo tiene alergias severas y usted fue muy cuidadosa con los productos que usó. Se lo agradezco de verdad."

Rosa sonrió. Era en esos pequeños reconocimientos donde encontraba valor para seguir. En saber que su trabajo, invisible para muchos, hacía diferencia en la vida de alguien.

29

"Thank you, ma'am. I always careful with allergies. My son, he have too."

"Oh, you have children?"

"Yes. Three."

"How wonderful! They must be proud of their hardworking mother."

Rosa asintió, tragando el nudo en la garganta. Orgullo. Sí, esperaba que sus hijos sintieran orgullo. No vergüenza por su madre que limpiaba baños. No pena por su inglés imperfecto. Solo orgullo por una mujer que hacía lo necesario para sacarlos adelante.

5. Comunidad y tensión

De regreso al barrio, el autobús iba más lleno. Trabajadores de la construcción con cascos colgando de las mochilas, mujeres con uniformes de diferentes hoteles y restaurantes, estudiantes con audífonos enormes. Todos evitando el contacto visual, todos en su propia burbuja de supervivencia.

Rosa se bajó una parada antes para pasar por la tiendita latina de Don Chucho. El letrero decía "Mercadito El Salvador," pero vendía productos de toda América Latina. Era un pedacito de hogar en medio de Louisiana: Inca Kola del Perú al lado de Materva de Cuba, arepas colombianas junto a pupusas salvadoreñas, un mapa gastronómico del exilio.

"¡Rosa! ¿Cómo está la familia?" Don Chucho la saludó desde detrás del mostrador. Era un hombre mayor, guatemalteco, con manos que temblaban un poco pero ojos que seguían vivos y alertas. Había llegado durante la guerra civil en los ochenta y había visto pasar generaciones enteras de inmigrantes por su tienda.

"Bien, don Chucho. Los niños creciendo rápido." Rosa revisó los tomates, buscando los más firmes. Todo costaba más aquí que en el Walmart, pero comprar en la tienda era más que una transacción comercial. Era comunidad. Era seguridad.

"¿Supo lo de Chencho?" Don Chucho bajó la voz.

"Algo escuché."

"Su señora vino ayer. Está en el centro de detención de Oakdale. Necesita $5,000 para la fianza." Sacudió la cabeza. "¿De dónde va a sacar esa plata una mujer con tres chiquillos?"

Rosa revisó plátanos verdes para hacer patacones, sonrió al ver las empanadas de pollo en el calentador -don Chucho las hacía los jueves, masa perfecta y jugosas por dentro- y tomó una bolsa de harina de maíz blanco.

Pero justo cuando iba a la caja a pagar, entró un oficial de policía local a comprar una Coca-Cola. El ambiente cambió de inmediato, como si alguien hubiera bajado el volumen del mundo. Tres personas que estaban en la fila salieron sin comprar, murmurando excusas. Una mujer con su bebé en brazos dejó su canasta en un estante y se escabulló por la puerta de atrás. El hombre mayor que Rosa reconocía del paradero de autobús simplemente se esfumó entre los pasillos.

Rosa se quedó quieta, apretando los billetes en el puño. *No corras*, se dijo. *Correr es admitir culpa*. El oficial -joven, rubio, con cara de aburrimiento- no miró a nadie. Pagó su refresco y se fue, pero el silencio se quedó pegado a las paredes como humedad.

"Así vivimos ahora," murmuró don Chucho una vez que la puerta se cerró, sin levantar la vista de la caja registradora. "Como ratones cuando ven al gato."

Rosa asintió, pagó en silencio y salió al sol de la tarde. Afuera, vio cómo algunas de las personas que habían salido de la tienda regresaban lentamente, mirando a ambos lados antes de entrar. Como animales asustados volviendo al comedero.

6. Encuentro con Darlene

A las tres en punto, Rosa fue a recoger a Camila a la escuela primaria Kenner. Esperó en la fila de padres junto a la reja metálica, entre madres que hablaban en inglés sobre tareas, fiestas de cumpleaños y lecciones de piano. Se sentía como un satélite orbitando alrededor de un planeta al que no podía acceder completamente.

Las otras madres hablaban de cosas que para Rosa eran lujos inimaginables: clases de ballet, campamentos de verano, vacaciones en Disney. Ella solo esperaba poder pagar la renta del próximo mes, comprar zapatos nuevos para Mateo que no paraba de crecer, tal vez permitirse un pollo entero el domingo en lugar de solo muslos.

Al otro lado de la fila, Darlene Davis también aguardaba, impecable con su blusa blanca almidonada y su biblia bajo el brazo -siempre la llevaba los miércoles, día de estudio bíblico. Sus zapatos brillaban como espejos y llevaba el cabello perfectamente peinado, ni un rizo fuera de lugar. Todo en ella gritaba orden, control, vida perfecta.

Cuando sonó la campana y los niños salieron en tropel, Camila corrió hacia Rosa con una sonrisa que iluminaba todo. Su uniforme estaba manchado de pintura y tenía una rodilla raspada, pero sus ojos brillaban con alegría pura.

"¡Mami, mira lo que hice en arte!" Agitó un dibujo de una familia frente a una casa con un jardín lleno de flores. "¡La maestra dijo que tengo talento!"

"¡Qué hermoso, mi amor!" Rosa tomó el dibujo con cuidado, como si fuera un tesoro.

"¡Señora Davis!" Camila se volteó hacia Darlene sin timidez. "¡Mire mi dibujo!"

Darlene se acercó con una sonrisa que parecía genuina. "Qué hermoso, Cami. ¿Quiénes son todas estas personas?"

"¡Mi familia! Mami, papi, Mateo, Simón y yo. Y esas son las flores que quiero plantar cuando tengamos una casa más grande con jardín de verdad."

Rosa notó cómo Darlene observaba el dibujo con atención real, no la cortesía superficial que mostraba con otros adultos. Había algo en sus ojos, una sombra de... ¿comprensión? ¿tristeza?

"Buenos días, señora Ramírez." Darlene se volvió hacia Rosa.

"Good afternoon, Mrs. Davis." Rosa corrigió suavemente, practicando su inglés. "Thank you for... por ser tan amable con Camila."

"She's a special little girl. Travis talks about her all the time at home."

Hubo un momento de silencio. Rosa pensó en decir algo más, tal vez invitarla a tomar un café un día, o preguntarle si Travis quería venir a merendar alguna tarde. Pero las palabras se atascaron. El abismo entre sus mundos parecía demasiado ancho para cruzarlo con palabras.

Pero entonces Darlene hizo algo inesperado. Tocó el brazo de Rosa suavemente.

"Si alguna vez necesita algo... Si necesita que alguien cuide a los niños, o..." Se detuvo, como si ella también luchara con palabras que no sabía cómo decir.

"Gracias," dijo Rosa simplemente. "Very kind of you."

Caminaron juntas hasta la esquina donde sus caminos se separaban, los niños charlando animadamente en esa mezcla de inglés y español que usaban naturalmente. Travis le estaba enseñando palabras en inglés a Camila, y ella le respondía con palabras en español. "Dog es perro." "Cat es gato." "Friend es amigo."

Vivimos tan cerca, pero nuestros mundos apenas se rozan, pensó Rosa, apretando la mano de Camila con un poco más de fuerza. *Como líneas paralelas que nunca se encuentran.*

7. Las cargas invisibles

Esa tarde, mientras Camila hacía tarea en la mesa de la cocina -multiplicaciones que Rosa apenas entendía porque había dejado la escuela en sexto grado- y Simón construía algo complicado con legos en el piso de la sala, Rosa se ocupó de las tareas domésticas que nunca terminaban.

Dobló ropa con movimientos automáticos: camisetas de Alejandro manchadas de cemento que nunca salía completamente, uniformes escolares que necesitaban remiendos, medias sin pareja que guardaba con la esperanza de que apareciera la compañera. Organizó los closets, acomodando la ropa de invierno que en Louisiana apenas usaban pero que guardaba por si acaso. Preparó frijoles en la olla de presión -el sonido del vapor le recordaba a su madre cocinando en Medellín.

Entre una tarea y otra, revisaba los documentos importantes que guardaba en una caja de zapatos: certificados de nacimiento de los niños con el sello dorado de Louisiana que los hacía ciudadanos, su identificación colombiana vencida hace dos años, recibos de servicios públicos que probaban residencia, fotos de la familia que podrían necesitar si... No quería pensar en eso, pero tenía que estar preparada.

Alejandro llegó a las 6:30, cansado del trabajo en construcción. Sus manos ásperas olían a cemento y sudor honesto. Rosa notó nuevas líneas alrededor de sus ojos, más canas en sus sienes. El trabajo duro lo estaba envejeciendo rápido.

"¿Cómo te fue hoy?" Le sirvió un vaso de agua fría.

"Bien. El jefe dice que la próxima semana hay trabajo extra si quiero. Un proyecto grande en Metairie."

Rosa asintió. Trabajo extra significaba más dinero -tal vez $200 más esa semana- pero también más riesgo de exposición. Era el eterno dilema: necesitaban cada centavo, pero cada día fuera de casa era un día que Alejandro podría no volver.

"¿Es seguro?"

"¿Qué es seguro en esta vida?" Alejandro intentó sonreír, pero salió más como una mueca.

Durante la cena -arroz con pollo, ensalada, tajadas de plátano maduro- Mateo les contó sobre su proyecto de ciencias con su voz que ahora cambiaba entre aguda y grave sin aviso. Camila habló sin parar de su nueva amiga, una niña vietnamita que también hablaba español porque su mamá trabajaba en un salón de belleza dominicano. Simón mostró orgulloso el robot que había construido con legos, explicando cada función imaginaria con seriedad de ingeniero.

La normalidad de esas conversaciones era lo que más amaba Rosa: poder ser solo una familia cenando junta, sin pensar en documentos o deportaciones o miedos. Por una hora cada noche, eran simplemente los Ramírez, no "los ilegales," no "los sin papeles," solo una familia más en Kenner, Louisiana.

8. Fortaleza nocturna

Esa noche, después de bañar a los niños -Camila protestando que ya era grande para que la ayudaran, Simón jugando con sus muñecos de acción en la tina hasta que el agua se enfrió- y dejar las mochilas listas para el día siguiente, Rosa encendió una vela frente a la cruz del pasillo. La llama tembló un momento antes de estabilizarse, como su propia fe en momentos difíciles.

Era su ritual nocturno, su momento de conexión con algo más grande que las preocupaciones diarias. A veces le hablaba a su madre, muerta hace cinco años sin que Rosa pudiera ir al funeral. A veces a Dios. A veces simplemente dejaba que el silencio la llenara.

Reunió a los niños en la sala, sentándolos sobre la colcha que había tejido su abuela en Colombia. Los colores ya estaban desteñidos y tenía algunos agujeros, pero aún conservaba el calor de casa, el olor a hogar que ningún detergente americano podía borrar.

"Vamos a dar gracias."

Era su manera de enseñarles gratitud en medio de la incertidumbre, de anclarlos a algo cuando todo lo demás parecía flotar.

"Gracias por el día de hoy," comenzó Mateo, su voz seria.

"Gracias por mis amigos en la escuela," añadió Camila.

"Gracias por los legos y por el robot que hice," dijo Simón.

"Gracias por nuestro hogar," siguió Alejandro.

"Gracias, Señor, por otro día juntos. Cuida a quienes amamos lejos y cerca. Danos salud y fuerza para seguir. Y no permitas que el miedo entre en esta casa." Rosa cerró la oración.

Los niños repitieron al unísono: "Amén."

Pero Rosa añadió en silencio: *Y si el miedo entra, danos coraje para enfrentarlo.*

RAÍCES EN TIERRA AJENA

Después, mientras Alejandro ayudaba a Mateo con un proyecto de ciencias sobre ecosistemas -pacientemente explicando conceptos que Rosa no entendía pero que la llenaban de orgullo al ver a su esposo enseñando, Rosa se sentó en la mesa de la cocina con su libreta de ahorros.

Anotó cuidadosamente: "+$20 hoy. Total: $3,867."

Veinte dólares más cerca del sueño. A este paso, necesitaría... sacó la cuenta en un papel. Ocho años más. Suspiró. Pero luego escribió en la página siguiente: **"Menú para el carrito: Arepas (pollo, carne, queso). Empanadas. Sancocho los domingos. Jugos naturales: lulo, mora, maracuyá."**

Cerró los ojos e imaginó: una camioneta blanca con toldo rojo y amarillo, los colores de la bandera colombiana. El aroma de empanadas recién fritas mezclándose con el del café colombiano. Gente de todas partes haciendo fila -americanos curiosos, latinos nostálgicos- probando algo nuevo, sonriendo al descubrir los sabores de su tierra. Ella sirviendo con delantal limpio, saludando en español y en inglés, con acento pero con orgullo.

En su visión, Camila y Mateo la ayudaban después de la escuela, aprendiendo el negocio, viendo a su madre no como una empleada invisible del hotel, sino como una empresaria, una luchadora, una mujer que convirtió sueños en realidad.

9. La hora más silenciosa

Eran casi las once cuando Rosa finalmente se preparó para dormir. Revisó que todas las puertas estuvieran cerradas con llave -el cerrojo de arriba y el de abajo, la cadena de seguridad que Alejandro había instalado después de las últimas noticias de redadas. Apagó todas las luces excepto la pequeña lámpara del pasillo que dejaban encendida para que los niños pudieran ir al baño sin miedo.

Se detuvo en la puerta del cuarto de los niños. Simón dormía con la boca abierta, un brazo colgando de la cama. Camila se había quitado las cobijas y estaba acurrucada en posición fetal. Mateo tenía un libro abierto sobre el pecho -se había quedado dormido leyendo otra vez.

Los cubrió uno por uno, besó sus frentes, respiró su olor a champú de manzana y vida nueva. Sus hijos americanos. Sus anclas y sus alas al mismo tiempo.

En su cuarto, Alejandro ya dormía, roncando suavemente. Rosa se acostó a su lado, sintiendo el calor familiar de su cuerpo. En la oscuridad, podía fingir que estaban en cualquier parte. En una casa con papeles, con futuro asegurado, con jardín grande donde Camila pudiera plantar sus flores.

Pero no. Estaban aquí, en esta casita alquilada de Kenner, con sus paredes delgadas y su techo que goteaba cuando llovía fuerte. Con la incertidumbre colgando sobre ellos como la humedad de Louisiana. Pero juntos. Por ahora, juntos.

Pensó en su madre, que había muerto cinco años atrás en Medellín, pero cuyas palabras seguían vivas en su memoria. 'Mija,' le había dicho tantas veces, 'donde quiera que vayas, lleva tu casa adentro. Esa no te la puede quitar nadie.'

Y era verdad. ICE podía llevarse sus cuerpos, pero no podía llevarse lo que habían construido dentro. Los valores inculcados, el amor sembrado, las raíces invisibles que conectaban a sus hijos con dos culturas, dos idiomas, dos maneras de ser en el mundo.

Al cerrar los ojos, se repitió la frase que se había convertido en su mantra desde el primer día en Kenner: **"Echaremos raíces."** Y sonrió en la oscuridad, porque sabía que, aunque invisibles para muchos, esas raíces ya estaban creciendo, profundas y fuertes, alimentadas por amor, sacrificio y una fe inquebrantable en el mañana.

En la oscuridad de su cuarto, Rosa Ramírez era más que una inmigrante, más que una empleada doméstica, más que una estadística. Era una mujer construyendo un legado, una arepa a la vez, un día a la vez, una oración a la vez.

Y mañana, se levantaría a las 4:30 otra vez. Y pasado mañana. Y el día después. Porque eso es lo que hacen las madres. Eso es lo que hacen las que echan raíces en el bayou.

Capítulo 4:
Lealtad a Prueba
(Perspectiva de Wayne
Davis)

U na mañana de alerta

Wayne encendió la radio del camión mientras se dirigía al trabajo, como hacía cada mañana desde hacía quince años. La voz familiar de Jim Morrison, el presentador de WWNO, llenó la cabina con las noticias del día. Pero esa mañana, una noticia en particular le hizo apretar el volante con más fuerza.

"...y en otras noticias locales, fuentes del Servicio de Inmigración y Control de Aduanas confirman que se están llevando a cabo operativos coordinados en el área metropolitana de Nueva Orleans. El ICE ha intensificado las operaciones en sitios de construcción y plantas industriales como parte de sus esfuerzos por hacer cumplir las leyes de inmigración..."

Wayne bajó el volumen y sintió un nudo en el estómago. Durante años había apoyado vocalmente las políticas de deportación estrictas. "Hay que hacer cumplir la ley," había dicho en innumerables cenas familiares y reuniones de la iglesia. "Si están aquí ilegalmente, deben enfrentar las consecuencias."

Pero ahora, mientras conducía hacia la obra donde Alejandro ya estaría trabajando, esas palabras sonaban diferentes en su cabeza. Más huecas. Más complicadas.

Recordó la cena del domingo anterior. La manera en que Alejandro había bendecido la comida, mezclando palabras en español e inglés. Cómo Simón y Travis habían reído juntos, ajenos a las líneas invisibles que separaban a sus familias. Cómo Rosa había compartido la receta del sancocho con Darlene, las dos mujeres inclinadas sobre un papel, construyendo puentes con especias y tradiciones.

Se estacionó frente al sitio de construcción y vio a sus hombres ya en acción. El proyecto era una ampliación de oficinas en Metairie, nada glamoroso, pero buen trabajo honesto que pagaba las cuentas. Alejandro estaba donde siempre: llegando temprano, preparando materiales, verificando que todo estuviera en orden antes de que llegaran los demás.

"Buenos días, jefe." Alejandro lo saludó con esa sonrisa genuina que tenía cada mañana, sin importar cuán cansado estuviera.

"Buenos días, Alex. ¿Cómo está la familia?"

"Bien, gracias. Rosa dice que Camila está muy emocionada por el festival de la escuela el viernes. Va a cantar."

Wayne asintió, pero su mente estaba en otra parte. Recordó la noticia de la semana anterior: una redada en una obra de construcción en Kenner, a solo veinte minutos de donde se encontraban. Los agentes habían llegado sin previo aviso, rodeado el perímetro, verificado documentos. Tres hombres detenidos, familias destrozadas en cuestión de horas.

No puede pasarnos aquí, se dijo. *Hoy no. Por favor, hoy no.*

La obra se veía igual que siempre: materiales apilados ordenadamente, herramientas listas, el esqueleto de concreto del nuevo edificio alzándose hacia el cielo. Pero se sentía diferente. Como si alguien hubiera cambiado la frecuencia de radio y ahora todo sonara distorsionado.

Alejandro subió a su andamio habitual y comenzó a trabajar, pero Wayne notó que miraba hacia la calle más seguido que de costumbre. Los otros trabajadores latinos también parecían nerviosos. Miguel había llegado tarde, algo raro en él. Carlos trabajaba en silencio, sin su usual silbido de canciones mexicanas.

Era la primera vez en semanas que Wayne se sentía como un extraño en su propia obra.

2. Un nombre en la lista

A las diez de la mañana, apareció un hombre que Wayne no había visto nunca. Vestía traje barato, llevaba un portapapeles, y tenía esa postura rígida de alguien que viene a verificar cosas, a hacer preguntas, a crear problemas.

"¿Wayne Davis?" El hombre se acercó con una sonrisa que no llegaba a sus ojos.

"Sí, señor. ¿En qué puedo ayudarlo?"

"Rick Morrison, supervisor de cumplimiento de la empresa contratista principal. Necesito hablar con usted sobre algunas actualizaciones de documentación. Nada serio, solo rutina."

Pero Wayne había vivido suficiente para saber que cuando alguien dice "nada serio," generalmente es muy serio. Sintió cómo el sudor le bajaba por la espalda a pesar de que la mañana aún estaba fresca.

"Claro, señor Morrison. Mi oficina está por aquí."

Mientras caminaban hacia la caseta de obra, Wayne miró hacia arriba. Alejandro estaba soldando, concentrado en su trabajo, pero Wayne pudo ver la tensión en sus hombros, la manera en que sus movimientos eran más rígidos que de costumbre.

Morrison sacó una carpeta de su maletín. "Necesitamos actualizar la información de todos sus empleados. La empresa está implementando nuevas políticas de verificación. E-Verify obligatorio para todos."

E-Verify. Wayne conocía el sistema. Verificación electrónica instantánea del estatus legal de los trabajadores. No había manera de falsificarlo, no había manera de esconderse.

"¿Para cuándo necesita esto?"

"Hoy mismo. Necesito que todos llenen estos formularios antes del almuerzo."

Wayne tomó los papeles con manos que trataba de mantener firmes. "Entendido."

Morrison sonrió otra vez, esa sonrisa de tiburón. "Excelente. Volveré después del almuerzo para recogerlos. Y señor Davis.. . asegúrese de que *todos* los llenen. Sin excepciones."

Cuando Morrison se fue, Wayne se quedó solo en la caseta, mirando los formularios. Sabía lo que significaban. Sabía que para Alejandro y probablemente para la mitad de su cuadra, estos papeles eran una sentencia de muerte laboral.

Salió y reunió a los trabajadores en un semicírculo cerca de la caseta.

"Caballeros," empezó, tratando de mantener la voz neutral, "necesito que todos llenen este formulario. Es para actualizar la nómina, asegurarnos de que todos los registros estén correctos."

Vio cómo las caras cambiaban. Cómo Miguel palideció. Cómo Carlos cerró los puños. Cómo Alejandro bajó lentamente del andamio, cada paso medido, como si caminara hacia su ejecución.

"¿Qué tipo de información?" preguntó Carlos.

Wayne tragó saliva. "Solo lo básico. Nombre completo, número de Seguro Social, dirección actual. Rutina de contabilidad."

Mentiroso, se dijo a sí mismo. *Cobarde mentiroso.*

Alejandro se acercó y tomó un formulario. Sus ojos se encontraron con los de Wayne por un momento. No había reproche ahí, solo una tristeza profunda, una comprensión de que había llegado el momento que ambos sabían que llegaría algún día.

"¿Hay algún problema si alguien no tiene su número memorizado?" preguntó otro trabajador.

"No se preocupen. Si no lo recuerdan exactamente, podemos verificarlo después. Pero todos necesitan firmar hoy."

Era mentira y todos lo sabían. No habría un "después" para verificar nada. Este era el fin.

3. La camioneta blanca

El miércoles siguiente, Wayne la vio en cuanto llegó a la obra: una camioneta Chevrolet blanca, sin logos ni identificación, estacionada al otro lado de la calle desde donde podía ver toda la obra. No necesitaba ver el interior para saber qué era. Había vivido suficiente para reconocer vigilancia cuando la veía.

"Morning, boys," saludó, tratando de sonar normal. "Let's get to work."

Pero nada era normal. Los trabajadores se movían como si caminaran sobre vidrio roto. Conversaciones en susurros. Miradas nerviosas hacia la calle. Miguel no había venido a trabajar. "Enfermo," había dicho alguien, pero todos sabían que no era verdad.

Alejandro trabajaba con determinación feroz, como si quisiera terminar todo lo que pudiera antes de... antes de lo inevitable. Wayne lo observó soldar una viga con precisión perfecta, sus manos firmes a pesar del miedo que Wayne sabía que sentía.

A media mañana, Wayne no pudo más. Se acercó al andamio donde trabajaba Alejandro.

"Alex."

"¿Sí, jefe?"

"Esa camioneta..."

"Ya la vi."

Se quedaron en silencio. ¿Qué podían decir? ¿Qué palabras existían para este momento?

"Si necesitas irte temprano hoy..." empezó Wayne.

"No." Alejandro lo interrumpió suavemente. "Si me voy ahora, es admitir. Además, mi familia necesita cada día de paga que pueda conseguir."

Wayne sintió algo quebrarse dentro de él. Este hombre, sabiendo que podría ser su último día de libertad, eligiendo quedarse para ganar unos dólares más para su familia.

"Alex, yo..."

45

"No tiene que decir nada, jefe. Usted ha sido bueno conmigo. Mejor que muchos."

Pero Wayne no se sentía bueno. Se sentía como un cobarde. Como un hombre que había construido su vida sobre principios que ahora se desmoronaban frente a la realidad de un amigo a punto de perder todo.

4. Momento de decisión

A las dos de la tarde, cuando el sol de Louisiana golpeaba sin misericordia y el aire se sentía como sopa caliente, llegaron más vehículos. Dos camionetas más, estas con las letras ICE claramente visibles. Un auto de la policía local.

Wayne sintió que el mundo se inclinaba. Miró alrededor. Sus trabajadores habían notado también. Algunos empezaron a moverse hacia las salidas traseras. Otros se quedaron congelados.

Alejandro estaba en lo alto del andamio, soldando. No había visto los vehículos todavía.

Fuck the law, pensó Wayne, sorprendiéndose a sí mismo. Era un pensamiento que nunca había tenido antes, una traición a todo lo que había creído. Pero mirando a Alejandro ahí arriba, trabajando honestamente, pensando en Simón y Travis jugando juntos, en Rosa compartiendo recetas con Darlene, en Camila dibujando familias felices... *Fuck the law*.

Se acercó al pie del andamio y fingió revisar algo en su porta papeles. En voz baja, apenas audible, le dijo a Alejandro:

"Baja por detrás. Ahora. Ve al cobertizo de herramientas detrás de la mezcladora. No salgas hasta que yo te diga."

Alejandro dejó de soldar. Por un momento, Wayne pensó que no lo había escuchado. Luego, lentamente, Alejandro comenzó a bajar por el lado del andamio que daba a la parte trasera de la obra.

Wayne caminó casualmente hacia la entrada principal, donde los agentes de ICE ya estaban bajando de sus vehículos. Su corazón latía tan fuerte que estaba seguro de que todos podían escucharlo.

"Buenas tardes, caballeros. ¿En qué puedo ayudarlos?"

5. El engaño

"Agente Rodríguez, ICE. Necesitamos ver la lista de todos sus empleados y verificar sus documentos de autorización de trabajo."

Wayne asintió, tratando de parecer cooperativo mientras su mente calculaba. Alejandro necesitaba tiempo para llegar al cobertizo. Los agentes se estaban dispersando, rodeando el perímetro.

"Por supuesto, agente. Tengo todo en la oficina. Síganme."

Caminó lentamente, más lento de lo normal, fingiendo que le dolía la rodilla. Cada segundo contaba. Desde el rabillo del ojo, vio a Alejandro corriendo agachado hacia el cobertizo. *Vamos, vamos*, pensó.

En la caseta, Wayne revolvió papeles deliberadamente. "Disculpen el desorden. Tenemos varios proyectos activos."

"Solo necesitamos la lista actual de empleados, señor Davis."

Wayne sacó la lista, pero "accidentalmente" derramó su café sobre ella. "¡Maldición! Lo siento, déjenme imprimir otra copia."

La impresora, vieja y temperamental, tardó una eternidad en calentarse. Wayne aprovechó para mirar por la ventana. No veía a Alejandro. Bien.

Finalmente, entregó la lista. Había tachado el nombre de Alejandro con corrector líquido esa mañana, previendo esto. No era perfecto, pero tal vez...

"Dice aquí que tiene ocho empleados, pero hemos contado al menos nueve trabajando."

Wayne sintió la boca seca como el desierto. "Bueno, uno de ellos... Alejandro Ramírez... tuvo que irse temprano. Una emergencia familiar."

El agente Rodríguez lo miró fijamente. "¿A qué hora se fue?"

"Hace como... una hora. Su esposa llamó. Algo sobre su hija en la escuela."

"¿Y los otros trabajadores pueden confirmar esto?"

"Supongo que sí."

Salieron de la caseta. Los agentes ya tenían a tres trabajadores contra la pared, verificando documentos. Miguel estaba esposado. Carlos también. El joven guatemalteco que Wayne había contratado la semana anterior lloraba silenciosamente.

"Necesitamos inspeccionar todo el perímetro," dijo Rodríguez.

"Por supuesto. ¿Por dónde quieren empezar?"

Wayne los guió en la dirección opuesta al cobertizo, mostrándoles cada rincón de la obra, explicando detalles innecesarios sobre los materiales, la construcción, cualquier cosa para ganar tiempo.

Pero los agentes eran meticulosos. Sistemáticos. Era solo cuestión de tiempo antes de que llegaran al cobertizo.

6. Momentos de terror

"¿Qué hay en ese cobertizo?" Un agente joven señaló exactamente donde Wayne no quería que fueran.

"Solo herramientas y materiales. Tornillos, clavos, equipos de seguridad. Nada interesante."

"Necesitamos verificar."

Wayne los siguió, el corazón a punto de salírsele del pecho. Cada paso hacia el cobertizo se sentía como una eternidad. Podía imaginar a Alejandro adentro, acurrucado entre herramientas, conteniendo la respiración, rezando.

El agente Rodríguez puso la mano en el picaporte. Wayne cerró los ojos, preparándose para lo inevitable.

Pero en ese momento, se escuchó un grito desde el otro lado de la obra. Otro trabajador había salido corriendo de su escondite debajo de un camión y los agentes lo perseguían.

"¡Rodríguez!" gritó otro agente. "¡Necesito ayuda aquí!"

Rodríguez vaciló, mano aún en el picaporte, luego corrió hacia donde estaba la acción.

Wayne se quedó solo frente al cobertizo por un momento, temblando. Podía escuchar la respiración pesada del otro lado de la puerta de metal.

"Aguanta," susurró hacia la puerta. "Aguanta un poco más."

7. La espera

Lo que siguió fue la hora más larga de la vida de Wayne. Los agentes procesaron a los tres trabajadores que habían capturado: Miguel, Carlos, y el hombre que había tratado de escapar del camión. Los esposaron, verificaron documentos, hicieron llamadas, llenaron papeles.

Wayne trató de actuar normal, respondiendo preguntas, firmando formularios, haciendo todo lo que un supervisor cooperativo haría. Pero por dentro, cada minuto se sentía como una hora. Cada vez que un agente miraba hacia el cobertizo, Wayne sentía que se le paraba el corazón.

Los otros trabajadores que tenían documentos válidos fueron liberados después de verificaciones rutinarias, pero se mantuvieron cerca, observando a sus compañeros ser llevados a las camionetas del ICE.

"¿Dónde está Alejandro?" le preguntó uno en un susurro mientras los agentes estaban ocupados.

Wayne se encogió de hombros. "Se fue temprano."

El hombre lo miró extraño, pero no dijo nada más.

8. La partida

Finalmente, después de lo que parecía una eternidad, los agentes comenzaron a empacar sus cosas. Los tres detenidos fueron subidos a las camionetas, Miguel mirando hacia atrás con ojos llenos de lágrimas, probablemente pensando en su familia, en sus hijos que llegarían de la escuela para encontrar que papá no estaba.

"Gracias por su cooperación," le dijo el agente Rodríguez, entregándole una tarjeta. "Si recuerda algo más sobre el empleado que faltaba, llámenos."

Wayne tomó la tarjeta, asintió. "Por supuesto."

Vio las camionetas alejarse, llevándose a tres hombres cuyo único crimen había sido querer trabajar para alimentar a sus familias. Tres hombres que él conocía, con quienes había compartido almuerzos, cuyas historias conocía.

Y no había hecho nada por ellos. Solo había salvado a uno.

9. El reencuentro

Cuando el último vehículo desapareció de la vista, Wayne caminó lentamente hacia el cobertizo. Sus piernas se sentían como gelatina. Abrió la puerta con manos temblorosas.

Alejandro estaba acurrucado detrás de unas cajas de herramientas, rostro húmedo de sudor y lágrimas. Cuando vio a Wayne, se puso de pie lentamente, como si no creyera que era real.

"¿Se fueron?"

Wayne asintió. "Se fueron."

Alejandro se desplomó contra la pared, todas las fuerzas dejando su cuerpo de una vez. "Miguel... ¿lo llevaron?"

"Sí. Y a Carlos también. Y al chico nuevo."

Alejandro cerró los ojos, dolor cruzando su rostro. "Tengo sus números. Sus familias... necesitarán saber dónde están."

Wayne observó a este hombre, que había estado escondido temiendo por su propia vida, pero ya estaba pensando en ayudar a otros. Había una dignidad en eso que Wayne no esperaba, que sus propios prejuicios no le habían permitido ver antes.

"Alex, yo..."

"Gracias." La voz de Alejandro se quebró. "Gracias por... por arriesgar..."

Wayne puso una mano pesada en el hombro de Alejandro. No sabía qué decir. Por años había creído que hacer lo correcto significaba seguir la ley sin cuestionarla. Pero en ese momento, había descubierto que a veces hacer lo correcto significaba exactamente lo opuesto.

"Vámonos a casa," fue todo lo que logró decir.

10. El regreso a casa

El viaje de regreso a Kenner fue en silencio. Wayne dejó a Alejandro a una cuadra de su casa -ambos entendieron sin palabras que era mejor no ser vistos juntos inmediatamente después de lo ocurrido.

"Wayne," dijo Alejandro antes de bajarse. "Lo que hiciste hoy... no lo olvidaré nunca."

"No hice suficiente," respondió Wayne, pensando en Miguel, en Carlos.

"Hiciste lo que pudiste. Es más de lo que muchos harían."

Cuando Wayne finalmente llegó a su propia casa, se quedó sentado en el auto durante diez minutos, tratando de procesar lo que había pasado. Había violado la ley. Había arriesgado su negocio, posiblemente su libertad. Había traicionado principios que había sostenido durante toda su vida adulta.

Y no se arrepentía ni un poco.

La puerta principal se abrió y Travis salió corriendo hacia él.

"¡Papá! ¡Papá! ¿Dónde estabas? Mamá dijo que llegarías tarde."

Wayne levantó a su hijo en brazos y lo abrazó más fuerte de lo usual, imaginando el terror de Alejandro ante la posibilidad de no volver a ver a Camila, Mateo y Simón nunca más.

"Solo tuve un día largo en el trabajo, campeón."

11. Reflexión nocturna

Durante la cena, Darlene notó que Wayne estaba inusualmente callado.

"¿Todo bien en el trabajo?"

"Sí, solo... solo un día complicado."

Darlene lo estudió con esos ojos que conocían todos sus humores después de quince años de matrimonio. "¿Quieres hablar de ello?"

Wayne consideró por un momento contarle todo. Pero sabía que Darlene, a pesar de su bondad cristiana hacia Rosa y los niños, aún era más conservadora que él en temas de inmigración. Y después del día que había tenido, no estaba listo para esa conversación.

"Tal vez más tarde."

Después de que Travis se fue a dormir, Wayne se sentó en su silla en la sala, limpiando su escopeta de caza como hacía cada semana. Era un ritual que le daba paz, el trabajo meticuloso de mantener las armas en perfecto estado.

Pero esa noche, sus manos temblaban ligeramente mientras pasaba el paño por el cañón. Seguía viendo la mirada de pánico en los ojos de Miguel cuando lo subieron a la camioneta. Seguía escuchando los sollozos silenciosos de Alejandro en el cobertizo.

Durante años, la ecuación había sido simple en su mente: ley = justicia. Si algo era legal, era correcto. Si algo era ilegal, era incorrecto.

Pero hoy había aprendido que la vida era más complicada que eso.

Pensó en su abuelo irlandés, en las historias que nunca contaba. ¿Había entrado realmente de manera legal? ¿O había sido otro Alejandro de su época, trabajando duro, manteniendo la cabeza baja, esperando que nadie hiciera demasiadas preguntas?

Wayne terminó de limpiar el arma y la guardó en su lugar en el armario. Pero por primera vez en años, no sintió la satisfacción usual de completar esa tarea semanal.

Se quedó despierto hasta tarde esa noche, mirando al techo, pensando en identidades y lealtades, en líneas en mapas versus líneas en corazones.

Hoy entendí que a veces la ley no siempre equivale a la justicia, se dijo en la oscuridad.

Era un pensamiento que habría sido impensable para él solo unas horas antes. Pero ahora se sentía como la verdad más clara que había conocido en mucho tiempo.

Y aunque no lo sabía todavía, era un pensamiento que cambiaría todo para él, para su familia, y para los Ramírez, en los días que vendrían.

Capítulo 5:
El Puente Inquieto
(Perspectiva de Mateo
Ramírez)

S alón de clases ajena

La voz de la señora Patterson se filtraba a través de la neblina mental de Mateo como si viniera de muy lejos. Algo sobre mitosis, sobre células que se dividen para crear vida nueva. Pero él estaba en otra parte, su lápiz moviéndose automáticamente en los márgenes de su libreta, dibujando lo que siempre dibujaba cuando necesitaba concentrarse: puentes.

Este tenía torres altas, cables que se extendían como telarañas brillantes. Se parecía a los puentes que su papá había ayudado a construir sobre el río Magdalena en Barranqueras, el que había visto en fotos amarillentas que su mamá guardaba en una caja de zapatos. Un puente que cruzaba el río Magdalena, conectando la ciudad con la otra orilla, permitiendo que la gente pasara de un lado al otro como si fuera lo más natural del mundo.

Como si cruzar fuera fácil, pensó con amargura. *Como si no hubiera guardias, papeles, muros invisibles.*

"¿Mateo?" La voz de la señora Patterson cortó sus pensamientos. "Te pregunté sobre tu proyecto final."

Veinticinco pares de ojos se voltearon hacia él. Mateo sintió el calor subir por su cuello, ese rubor traicionero que lo delataba cada vez que se sentía expuesto.

"Yo... eh..." Sus dedos tamborilearon sobre la libreta, tapando el dibujo del puente. "Estaba pensando en hacer algo sobre... sobre estructuras. Cómo las cosas se mantienen en pie."

La señora Patterson arqueó una ceja, esperando más detalles. Pero Mateo no sabía cómo explicar que no estaba seguro de poder completar ningún proyecto porque su familia podía desaparecer en cualquier momento. No había palabras para decir que desde la redada en el trabajo de su papá hacía dos semanas, cada día se sentía como caminar en hielo delgado.

"Muy bien," dijo ella finalmente, con esa voz que los maestros usan cuando saben que algo está mal pero no quieren presionar. "Pero necesito una propuesta más específica para el viernes."

Mateo asintió y volvió a hundir la cabeza entre los hombros. A su alrededor, sus compañeros parecían navegar la clase con una facilidad que él envidiaba. Para ellos, el futuro era algo dado: graduarse, ir a la universidad, conseguir trabajos, formar familias. Para él, el futuro era una pregunta susurrada en oraciones nocturnas: *¿Estaremos aquí mañana?*

Al otro lado del salón de clases, Savannah Davis garabateaba algo en su libreta con la misma intensidad distraída que él. Sus ojos se encontraron por un segundo y ella le sonrió levemente antes de volver a su dibujo. Mateo se preguntó qué dibujaba ella cuando necesitaba escapar.

En el escritorio de enfrente, Chad Boudreaux se volteó hacia él.

"Oye, Mateo, ¿vas a aplicar para el programa de honor el próximo año?"

Mateo lo miró, procesando la pregunta. El programa de honor. El próximo año. Como si el futuro fuera algo que se pudiera planear.

"No sé," respondió honestamente.

"Deberías, hermano. Eres como el único latino que saca buenas notas. Eso te ayudaría para las becas universitarias. Mi hermano consiguió full ride en LSU por estar en honors."

Chad lo dijo como un cumplido, pero Mateo sintió el peso familiar de ser "el único." El único latino en clases avanzadas. El único que hablaba sin acento. El único que parecía "normal" hasta que mencionabas documentos o deportaciones o el miedo constante que vivía debajo de su piel como una segunda circulación sanguínea.

"Sí, tal vez," murmuró, y siguió dibujando puentes.

Puentes que no necesitaban papeles para cruzar. Puentes que conectaban mundos sin preguntar de dónde venías. Puentes como su padre solía construir, antes de que los papeles importaran más que el talento.

2. La caminata compartida

Al sonar la campana, Mateo empacó sus libros lentamente, esperando que el salón de clases se vaciara antes de levantarse. Era una estrategia que había perfeccionado: evitar las multitudes, los empujones, las preguntas casuales sobre planes de fin de semana que no sabía cómo responder sin revelar demasiado.

"¿Vas a la fiesta de cumpleaños de Ashley el sábado?" había preguntado Jake esa mañana.

"No puedo. Tengo que... ayudar en casa."

Siempre ayudando en casa. Siempre con excusas. Porque no podía decir la verdad: que sus padres no lo dejaban ir a casas de americanos que no conocían, por miedo a que alguien hiciera preguntas, llamara a las autoridades, notara algo.

Pero Savannah se quedó también, organizando sus cosas con la misma deliberación lenta.

"¿Caminas hacia el centro?" le preguntó cuando finalmente se encontraron en la puerta.

"Sí."

"¿Te molesta si voy contigo? Necesito tiempo para pensar antes de llegar a casa."

Mateo la estudió. Savannah siempre había sido amable con él, pero nunca habían caminado solos juntos. Era la hermana de Travis, la hija de los Davis, parte de ese mundo ordenado de casas perfectas y futuros garantizados que él observaba desde afuera.

"Claro."

Caminaron en silencio durante las primeras dos cuadras, el peso de sus mochilas meciéndose con cada paso. Kenner a las 3:30 de la tarde tenía su propio ritmo: madres en minivans esperando en las escuelas, trabajadores comenzando turnos vespertinos, el sonido distante de cortadoras de césped en patios perfectamente mantenidos. El mundo seguía girando, ajeno a que para algunas familias, cada día era una cuenta regresiva.

"A veces me siento como partida por dentro," dijo Savannah de repente, sin preámbulo.

Mateo la miró de reojo. No era lo que esperaba que dijera.

"¿A qué te refieres?"

"No sé... como si hubiera dos versiones de mí. La que la gente ve y la que realmente soy. Y a veces no sé cuál es más real."

Mateo sintió algo moverse en su pecho, un reconocimiento que no podía nombrar completamente. Sabía exactamente lo que era vivir dividido, ser una persona en casa y otra en la escuela, hablar un idioma con el corazón y otro con la cabeza.

"Sé lo que quieres decir," respondió suavemente.

Siguieron caminando. Un carro pasó tocando vallenato a todo volumen y Mateo sintió una punzada de nostalgia por algo que nunca había vivido. El acordeón y la guacharaca le recordaron las historias de su papá sobre las fiestas en Barranquilla, donde la música era parte del aire, no algo que avergonzaba. Conocía esas canciones de memoria, las había escuchado mil veces en la cocina mientras su mamá preparaba sancocho. Pero conocerlas no era lo mismo que haberlas bailado en una plaza colombiana bajo las estrellas.

Savannah sacó su libreta y se la mostró. En los márgenes, había dibujado docenas de puentes pequeños: colgantes, de arco, de viga, algunos que parecían más fantasía que ingeniería.

"¿Por qué puentes?" preguntó Mateo, sintiendo que su corazón se aceleraba.

"Porque los que no encajamos necesitamos uno para cruzar," dijo ella, como si fuera la cosa más obvia del mundo.

Mateo se detuvo en la acera. La frase se asentó en él como algo que había estado esperando escuchar toda su vida sin saber que lo necesitaba. Alguien más entendía. Alguien más se sentía atrapado entre mundos.

"¿Puedo ver?"

Savannah le entregó la libreta. Mateo pasó las páginas lentamente. Entre apuntes de historia y problemas de matemáticas, había puentes por todas partes. Algunos conectaban nubes, otros parecían hechos de luz, algunos se perdían en la niebla del papel.

"Son hermosos," dijo, devolviéndole la libreta. "Mi papá construyó puentes reales. En Colombia."

"Lo sé. Travis me contó."

"¿Travis habla de mi familia?"

Savannah sonrió. "Travis adora a tu familia. Especialmente a Simón. Dice que es su mejor amigo de verdad."

De verdad. Como si hubiera amistades falsas y reales. Como si a los ocho años ya supieran la diferencia.

"Mi papá no puede construir puentes aquí," dijo Mateo, las palabras saliendo antes de que pudiera detenerlas. "Sus títulos no valen. Es solo... un obrero."

"Pero sigue siendo ingeniero," dijo Savannah. "Los papeles no cambian lo que sabes."

"Díselo a este país."

Se quedaron parados bajo un roble enorme, su sombra protegiéndolos del sol de Louisiana. Mateo podía escuchar a lo lejos el silbato de un tren, ese sonido que siempre le recordaba partidas, despedidas, gente yendo a lugares donde tal vez serían más bienvenidos.

"¿Por qué te sientes partida?" preguntó finalmente.

Savannah se mordió el labio, mirando hacia el suelo. "Es complicado. Mi familia... hay cosas que esperan de mí. Formas de ser. Y yo... yo no sé si encajo en esos moldes."

"Nadie encaja en los moldes perfectamente."

"Algunos tenemos que fingir más que otros."

Era verdad. Mateo lo sabía mejor que nadie. Fingir que no entendías cuando alguien hacía un chiste sobre "mojados". Fingir que no te dolía cuando decían "vuelve a tu país" aunque este fuera el único país que realmente conocías. Fingir que eras igual a todos cuando cada formulario, cada pregunta sobre "estatus legal" te recordaba que no lo eras.

"Los puentes que dibujas," dijo, "¿a dónde van?"

"A ningún lugar. A todos lados. A donde sea que no tengamos que fingir."

3. El mundo pesa

Al llegar a su casa, Mateo encontró a su mamá en la cocina, rodeada de papeles y con el teléfono en la mano. Su expresión de frustración le dijo todo lo que necesitaba saber antes de que ella abriera la boca.

"Mateo, mi amor, ¿puedes ayudarme? Es sobre el seguro médico de tu papá. No entiendo lo que me están diciendo."

Mateo dejó su mochila en el suelo con un golpe sordo y se sentó junto a ella. Los papeles estaban en inglés: formularios de reclamos, cartas de la compañía de seguros, números que no coincidían con otros números. Su papá tenía dolor de muelas desde hacía una semana -se le había roto un molar con un pedazo de hueso en el sancocho- pero la cobertura dental del seguro era complicada, llena de términos que incluso Mateo tenía que buscar en Google.

"¿Qué te dijeron?"

"Que necesito hablar con alguien sobre... ¿pre-autorización? No sé qué significa eso. La mujer hablaba muy rápido y cuando le pedí que repitiera se puso impaciente."

Mateo tomó el teléfono y marcó el número en el papel. La música de espera era esa melodía genérica que todas las compañías usaban, diseñada para calmar pero que solo aumentaba la ansiedad. Finalmente, después de navegar por cinco menús diferentes ("Para inglés, presione 1"), llegó a un ser humano.

"Good afternoon, my name is Mateo Ramírez. I'm calling about my father's dental coverage. Claim number..." Leyó los números del papel, pronunciando cada uno claramente.

"I'll need to verify some information first. What's the primary account holder's social security number?"

Mateo recitó el número que su padre había comprado años atrás, ese número que los mantenía en un limbo constante entre existir y no existir en el sistema.

Treinta minutos después, finalmente entendió que necesitaban que un dentista diferente llenara un formulario diferente antes de que el seguro cubriera el arreglo dental que su papá necesitaba. Y aun así, solo cubrirían el 60%.

"¿Entonces puede ir al dentista?" preguntó Rosa cuando Mateo colgó.

"Sí, pero tiene que ser un dentista específico. Y tenemos que llevar estos papeles. Y cuesta sesenta dólares que tenemos que pagar primero, luego nos reembolsan... tal vez."

Vio cómo el rostro de su mamá procesaba la información, haciendo ese cálculo rápido que había aprendido a reconocer: sesenta dólares menos para ahorros, sesenta dólares menos para el sueño del carrito de comida, sesenta dólares que significaban trabajar dos horas extra limpiando baños de hotel.

"Gracias, mi amor. No sé qué haríamos sin ti."

Mateo sonrió, pero por dentro sintió el peso familiar de ser necesario de maneras que un chico de catorce años no debería ser necesario. Traductor, navegador de sistemas burocráticos, puente entre el mundo de sus padres y el mundo donde él había crecido.

Se fue a su cuarto y cerró la puerta. En el espejo del closet pegado con cinta adhesiva, vio a un chico que parecía mayor de lo que era. Ojos que habían visto demasiado, hombros que cargaban responsabilidades que no había escogido.

Su cuarto era pequeño, compartido con Simón, pero era su refugio. En las paredes había posters del Barcelona (herencia de su papá) mezclados con posters de la NASA (su propio sueño). En el escritorio, libros de la biblioteca apilados: física, cálculo, ingeniería estructural. Estudiaba por adelantado, devorando conocimiento como si pudiera protegerlo de un futuro incierto.

¿Cómo se construye una vida si todo puede venirse abajo en cualquier momento?

La pregunta flotaba en su mente mientras sacaba su cuaderno de física. Tenía examen mañana. Necesitaba concentrarse. Pero las fórmulas se mezclaban con miedos, las ecuaciones no podían resolver el problema principal de su vida.

Su teléfono vibró. Un mensaje de Savannah: "Gracias por caminar conmigo hoy. Necesitaba alguien que entendiera."

Mateo lo leyó tres veces antes de responder: "Siempre."

Era una promesa peligrosa. *Siempre* asumía permanencia. *Siempre* asumía que estaría aquí mañana, la próxima semana, el próximo mes.

Pero era una promesa que quería hacer, aunque no pudiera garantizarla.

4. Confidencia en el porche

Una hora después, escuchó voces en el patio. Por la ventana vio a Travis y Simón jugando fútbol con una pelota desinflada que habían encontrado en el parque. Travis narraba el juego con voz de comentarista: "¡Y Simón Ramírez se acerca al arco! ¡Dispara! ¡GOOOOOOL!"

Simón corría en círculos con los brazos extendidos como avión, gritando de alegría. Por un momento, Mateo sintió envidia de su hermano menor. A los ocho años, el mundo todavía era simple. Los amigos eran amigos, el fútbol era fútbol, y mañana seguramente traería más de lo mismo.

Salió al patio y se encontró con Savannah sentada en los escalones del porche, observando a los niños con una sonrisa melancólica.

"¿Todo bien?"

"Vine a buscar a Travis, pero no tengo prisa. Me gusta verlo así... libre."

"¿Libre de qué?"

Savannah no respondió inmediatamente. Arrancó una brizna de hierba y la enrolló alrededor de su dedo, un gesto nervioso que Mateo había notado antes.

"A veces deseo salirme de todo," dijo finalmente. "Salirme del género, salirme del país, salirme del cuerpo. ¿Eso suena loco?"

Mateo la estudió. La tarde se estaba volviendo dorada, esa luz de Louisiana que hacía que todo pareciera más suave de lo que realmente era. Había algo en los ojos de Savannah, una vulnerabilidad que no había visto antes.

"No suena loco," respondió cuidadosamente. "Suena como.. . como si estuvieras buscando dónde encajar."

"¿Y si no hay un lugar donde encaje?"

"Entonces construyes uno. Como tus puentes."

Savannah lo miró con algo parecido a la gratitud. "Mi papá tiene expectativas. Mamá tiene expectativas. La iglesia tiene expectativas. Todos saben exactamente qué se supone que debo ser y hacer y querer. Pero yo... yo no sé si quiero nada de eso."

Mateo asintió. Sabía algo sobre expectativas, sobre no encajar en los moldes que otros habían creado para ti. Sus padres esperaban que fuera el hijo perfecto que los sacaría adelante. La escuela esperaba que fuera el latino modelo que demostrara que "sí se puede". La sociedad esperaba que fuera agradecido y silencioso, que no hiciera olas.

"Mi papá ayudó a construir el Puente Magdalena en Barranquilla antes de que viniéramos aquí," dijo, sorprendiéndose a sí mismo por compartir eso. "He visto fotos. Es hermoso, cruza el río Magdalena. Conecta la ciudad con pueblos que antes estaban separados por horas de camino."

"¿Alguna vez lo has visto en persona?"

"No. Y probablemente nunca lo vea. Sin papeles, si nos vamos, no podemos volver. Entonces a veces me imagino cruzándolo con toda mi familia, pero sabiendo que es solo un sueño."

El peso de esa realidad cayó entre ellos. Savannah se acercó un poco, su hombro casi tocando el de él.

"¿Tienes miedo?"

"Todo el tiempo. Desde la redada en el trabajo de mi papá, siento como si estuviéramos viviendo en tiempo prestado. Como si cada día fuera una sorpresa que seguimos aquí."

Travis anotó otro gol imaginario y Simón fingió desmayarse dramáticamente en el césped. Los dos niños estallaron en carcajadas, rodando por el suelo sin preocupaciones.

"¿Sabes qué es lo extraño?" dijo Savannah. "Tú y yo tenemos miedos completamente diferentes, pero se sienten igual. Como si estuviéramos parados en puentes que podrían colapsar en cualquier momento."

"Sí. Excepto que al menos tú puedes escoger cuándo cruzar."

Savannah lo miró con una intensidad que lo hizo sentir visto de una manera nueva. No como el hijo del inmigrante, no como el chico latino inteligente, sino como Mateo. Solo Mateo.

"Tal vez. Pero tú eres como esos puentes que no se ven, pero que sostienen ciudades enteras. Sin ti, tu familia se vendría abajo. Eso es... eso es un tipo de poder que yo no tengo."

Mateo sintió algo expandirse en su pecho. No se había pensado a sí mismo como poderoso. Siempre se había sentido atrapado, responsable, cargado. Pero tal vez Savannah tenía razón. Tal vez ser el puente también significaba ser fuerte.

"Mi mamá dice que todo lo que se sostiene, comienza bajo tierra," compartió. "Como las raíces. No las ves, pero sin ellas..."

"Todo se cae," completó Savannah.

Travis vino corriendo hacia ellos, sudado y sonriente.

"¡Savannah! ¿Viste mi gol? ¡Fue increíble!"

"Lo vi, campeón. Muy impresionante."

"¿Nos vamos ya? Mamá dijo que tengo que estar en casa antes de que oscurezca."

Savannah se levantó, pero antes de irse se volteó hacia Mateo.

"Gracias por dejarme hablar."

"Gracias por escuchar."

Y luego, más bajo, casi como un secreto:

"Tal vez podamos seguir construyendo puentes juntos."

Mateo la vio alejarse con Travis, sus figuras recortadas contra el cielo que empezaba a teñirse de púrpura. Se quedó sentado en los escalones un rato más, pensando en puentes y raíces, en conexiones visibles e invisibles, en el poder que viene de sostener a otros aunque nadie lo vea.

5. Estructuras invisibles

Esa noche, después de cenar y de ayudar a Camila con su tarea de matemáticas ("¿Por qué tengo que aprender fracciones si nunca las voy a usar?" "Porque el conocimiento es poder, Cami." "¿Poder para qué?" "Para no depender de nadie."), Mateo se sentó en su escritorio con su proyecto de biología frente a él.

Había estado posponiendo la decisión sobre qué hacer, pero la conversación con Savannah había plantado algo en su mente.

Abrió su laptop -una Dell vieja que la escuela prestaba a estudiantes de bajos recursos- y comenzó a escribir:

"Las Estructuras que Sostienen en Silencio: Un Estudio de Sistemas de Soporte Invisibles" *Por Mateo Ramírez*

"En biología, estudiamos las estructuras obvias: huesos, músculos, órganos que podemos ver y tocar. Pero los sistemas más importantes son a menudo los invisibles: las redes de capilares que llevan sangre a cada célula, las proteínas que sostienen las membranas celulares, los procesos químicos que mantienen todo funcionando sin que nunca pensemos en ellos.

Este proyecto examina las estructuras de soporte que operan sin reconocimiento, tanto en organismos vivientes como en sociedades humanas. Porque a veces las cosas más importantes son las que no se ven."

Escribió durante una hora, conectando conceptos de biología con realidades sociales. Comparó las micorrizas -las redes de hongos que conectan árboles bajo tierra, permitiéndoles compartir nutrientes- con las redes de apoyo en comunidades inmigrantes. Explicó cómo las proteínas chaperonas ayudan a otras proteínas a plegarse correctamente, como los hijos de inmigrantes ayudan a sus padres a navegar sistemas en inglés.

No era el típico proyecto de ciencia. La señora Patterson tal vez lo rechazaría. Pero era verdad, su verdad, y eso tenía que contar para algo.

En la última página, dibujó un puente. No era tan detallado como los de Savannah, pero tenía algo que los suyos no tenían: raíces. El puente crecía desde las raíces, como si fuera un árbol que había decidido extenderse horizontalmente en lugar de verticalmente.

Debajo escribió:

"No todos los puentes cruzan ríos. Algunos cruzan miedos."

Se quedó mirando las palabras durante un largo tiempo. Luego guardó el documento y abrió su cuaderno de física. Tenía un examen mañana. Necesitaba sacar A. Necesitaba mantener su promedio perfecto. Necesitaba becas para la universidad, porque sin papeles, no calificaba para ayuda federal.

Pero mientras estudiaba las leyes de Newton, una parte de su mente seguía en los puentes. En las palabras de Savannah: "Los que no encajamos necesitamos uno para cruzar."

Tal vez ese era su propósito. No solo cruzar él mismo, sino construir puentes para otros. Usar su posición única -americano de nacimiento pero no de reconocimiento completo, fluido en dos idiomas y dos culturas- para tender conexiones.

A medianoche, cuando finalmente apagó la luz, Simón habló desde su cama:

"¿Mateo?"

"¿Qué pasa, enano?"

"¿Crees que papá está bien?"

Mateo se quedó quieto. Había estado tan concentrado en sus propias preocupaciones que no había notado que Simón también estaba despierto, también preocupado.

"Sí, está bien. Solo cansado del trabajo."

"Se ve triste."

"A veces los adultos se ponen tristes. Pero se le va a pasar."

"¿Y si se lo llevan?"

La pregunta flotó en la oscuridad como un fantasma. Mateo no sabía qué responder. ¿Cómo le explicas a un niño de ocho años que sí, existe esa posibilidad? ¿Que cada día que papá sale a trabajar podría ser el último?

"No va a pasar," dijo finalmente. "Yo no voy a dejar que pase."

Era una promesa imposible. Mateo no tenía poder para detener a ICE, para cambiar leyes, para proteger a su familia. Pero en la oscuridad del cuarto compartido, con su hermano pequeño asustado, era la única promesa que podía hacer.

"¿Me lo prometes?"

"Te lo prometo."

Simón pareció satisfecho con eso. Su respiración se volvió más profunda, más regular. En minutos, estaba dormido.

Pero Mateo se quedó despierto, mirando al techo, pensando en promesas imposibles y puentes invisibles. En algún lugar de la casa, escuchó a su mamá levantarse para ir al baño. Los pasos de su papá siguieron poco después. Incluso dormidos, se cuidaban mutuamente.

Todo lo que se sostiene, comienza bajo tierra.

Cerró los ojos y se imaginó raíces extendiéndose desde su casa, conectándose con otras raíces, formando una red subterránea de soporte. Imaginó a Savannah en su cuarto, tal vez también despierta, también construyendo puentes en su mente. Imaginó a todos los chicos como ellos, atrapados entre mundos, sosteniendo más peso del que deberían.

Y por primera vez en semanas, no se sintió solo.

Había otros construyendo puentes. Había otros echando raíces. Había otros sosteniéndolo todo en silencio.

Y tal vez, solo tal vez, eso era suficiente para que nada se cayera.

Por ahora.

Capítulo 6:
Lo que se dice y lo que duele Cuando las Raíces se Exponen (Perspectiva de Simón Ramírez)

Juego en el recreo

Travis trajo la pelota más bonita que había visto en mi vida. Era negra y blanca con hexágonos perfectos, como las que usan en la televisión cuando pasan los partidos del Barcelona que papá ve los domingos. Brillaba cuando le daba el sol y hacía un sonido perfecto -¡pum!- cuando la pateabas fuerte.

"¡Simón!" Travis me gritó desde el otro lado del patio. "¡Ven! Vamos a formar equipos."

Corrí hacia él tan rápido que casi me caigo. Mis tenis nuevos -los que mami compró en la tienda de segunda mano pero que parecían casi nuevos- resbalaron un poquito en el pasto mojado del rocío de la mañana. El recreo era mi parte favorita de la escuela porque podía jugar con Travis sin que la señora Johnson nos dijera que habláramos más bajo o que nos sentáramos derechos.

"Tú y yo contra todos," dijo Travis, pasándome la pelota. El cuero se sentía suave bajo mis manos. "Somos los mejores."

Yo asentí con la cabeza tan fuerte que mi cabello rebotó. Era verdad. Cuando jugábamos juntos, ganábamos casi siempre. Travis corría rápido como el viento, pero yo era mejor pateando. Él me pasaba la pelota y yo hacía los goles. Era nuestro plan secreto que habíamos practicado un millón de veces en mi patio.

Otros niños se acercaron. Tommy Williams, que era más grande que nosotros y siempre presumía que su papá era policía. Jayden, que siempre usaba camisas de los Saints. Dos niños de tercer grado que no conocía muy bien pero que se veían fuertes.

"¿Podemos jugar?" preguntó Tommy. Tenía esa voz que usaba cuando quería algo, medio amable pero medio mandona.

"Claro," dijo Travis. "Pero Simón y yo vamos juntos."

Tommy puso los ojos en blanco. "Como siempre."

Empezamos a jugar. La pelota volaba de un lado al otro del patio como un pájaro que no se puede decidir dónde aterrizar. Yo hice dos goles seguidos -uno con el pie derecho y otro con el izquierdo, como Messi- y Travis me chocó la mano tan fuerte que me dolió un poquito, pero era un dolor bueno.

Me sentía feliz, como cuando mami hace arepas en la mañana y toda la casa huele a maíz tostado, o cuando papi me deja ayudarlo a arreglar cosas en el garaje y me dice "buen trabajo, campeón." Era esa felicidad que te llena todo el cuerpo y te hace sentir que puedes volar.

Pero entonces Tommy se enojó porque estábamos ganando 5 a 2.

"No es justo," dijo, sudando tanto que su cara parecía un tomate. "Ustedes hacen trampa."

"No hacemos trampa," respondí, abrazando la pelota contra mi pecho. "Solo jugamos bien."

Tommy me miró raro, como cuando Camila me mira cuando agarro el último pedazo de pizza sin preguntar. Pero esta mirada era diferente. Era más fea.

"Tú no deberías ni estar aquí," me dijo, y su voz sonaba como cuando los perros gruñen antes de morder. "Tú eres de los ilegales."

No entendí qué quería decir, pero la palabra sonaba como cuando alguien dice una grosería. Se sentía pesada y fea en el aire, como cuando hay tormenta y todo se pone oscuro aunque es de día. Mi estómago se hizo chiquito, como cuando tienes hambre pero al revés.

Me quedé parado ahí, sosteniendo la pelota, sin saber qué hacer. Las palabras se me atoraron en la garganta como cuando comes pan sin tomar agua.

Y entonces Travis, mi mejor amigo Travis, el que me enseñó a amarrar mis zapatos con el método del conejo, el que comparte sus Goldfish conmigo todos los días, asintió con la cabeza y dijo:

"Sí, Simón es de los ilegales. Lo dijo mi papá."

La pelota se me cayó de las manos. Hizo un ruido sordo cuando pegó en el pasto, luego rodó lejos, pero yo no me moví para ir por ella. Se sentía como si alguien hubiera apagado el sol. Como si toda la felicidad que había sentido hace un minuto se hubiera convertido en algo negro y pegajoso en mi pecho.

73

"¡No es verdad!" Mi voz salió como un grito, pero también como un llanto. "¡No es verdad!"

Y lo empujé. Lo empujé tan fuerte como pude, con las dos manos, y Travis se cayó en el pasto. Se veía sorprendido, con los ojos grandes y la boca abierta como los peces en el acuario del dentista.

"¿Por qué me empujaste?" Se levantó rápido, con pasto pegado en los shorts.

"¡Porque eres malo!" Ya no podía parar de gritar. "¡Eres un mentiroso!"

"¡No soy mentiroso!" Travis me gritó de vuelta, y me empujó también.

Nos empezamos a empujar una y otra vez. No como cuando jugamos a las luchas en mi cuarto, riéndonos. Esto era diferente. Esto dolía en lugares que no eran el cuerpo.

Tommy y los otros niños empezaron a gritar "¡Pelea! ¡Pelea!" formando un círculo alrededor de nosotros como cuando ponen a pelear a los gallos en las películas que papi no me deja ver.

Entonces llegó la señorita Martínez corriendo. Su cabello largo volaba detrás de ella como una capa de superhéroe.

"¡Niños! ¡Párense inmediatamente!"

Nos agarró a cada uno de un brazo y nos separó. Travis tenía hierba en la camisa y los ojos rojos. Yo tenía ganas de llorar tan fuertes que me dolía la panza, pero no quería hacerlo delante de todos.

"Los dos, a la oficina del director. Ahora."

Mientras caminábamos hacia el edificio, miré hacia atrás. La pelota bonita de Travis estaba tirada en medio del patio, olvidada. Ya no brillaba. Se veía como una pelota normal, nada especial.

Y yo me sentía como me imagino que se siente esa pelota: antes era algo bonito y ahora solo estaba tirado ahí, sin que a nadie le importara.

2. En la oficina del director

La oficina del director daba miedo. Tenía muchos diplomas en la pared con letras doradas que no podía leer y una silla grande de cuero negro detrás de un escritorio

enorme que parecía que podía tragarte. Olía a café viejo y a esos marcadores nuevos que huelen fuerte. Había un reloj en la pared que hacía tic-tac tan alto que cada segundo sonaba como un martillo.

Travis y yo estábamos sentados en dos sillas separadas por una mesita con revistas viejas. Él se veía asustado también. Tenía los ojos rojos como cuando lloras pero tratas de que nadie se dé cuenta, y no dejaba de mover las piernas. Yo tenía las manos en mi regazo, apretándolas tan fuerte que me dolían los nudillos.

El señor Johnson, el director, nos miraba desde su silla grande. Era calvo y usaba lentes que hacían que sus ojos se vieran más grandes, como de búho. Cuando hablaba, su voz era profunda como el trueno.

"¿Quieren explicarme qué pasó?" preguntó, juntando las manos sobre el escritorio.

Yo no sabía qué decir. No sabía cómo explicar que una palabra podía doler más que un golpe. No sabía las palabras en inglés o español para decir que cuando tu mejor amigo repite algo feo sobre ti, es como si te arrancaran un pedazo del corazón.

"Estábamos jugando fútbol," dijo Travis en voz bajita, mirando sus zapatos. "Y después nos peleamos."

"¿Por qué se pelearon?"

Travis me miró rápido y luego volvió a mirar sus zapatos. Yo miré mis manos. Tenía tierra bajo las uñas de cuando me caí.

"No sé," murmuré.

Pero sí sabía. Era por esa palabra. "Ilegales." No sabía qué significaba exactamente, pero sonaba como algo malo, algo que no debería ser. Como cuando dicen "ladrón" o "mentiroso" pero peor, porque yo no había hecho nada malo. Solo había nacido.

El señor Johnson suspiró tan fuerte que los papeles en su escritorio se movieron un poquito.

"He llamado a sus madres. Ya vienen en camino."

Se me llenó el estómago de mariposas nerviosas, pero no las bonitas. Las que se sienten cuando sabes que algo malo va a pasar. Mami se iba a preocupar. Se iba a tener que salir del trabajo temprano por mi culpa. Y en el trabajo no le gustaba cuando faltaba porque decía que había muchas personas esperando su puesto.

Unos minutos después -o tal vez fueron horas, no sé, el tiempo se mueve raro cuando tienes miedo- escuché voces en el pasillo. Reconocí la de mami hablando en inglés con acento, ese inglés que practica todas las noches con sus libros pero que todavía suena diferente al de las otras mamás.

"Where is my son? ¿Dónde está Simón?"

Mami entró primero. Se veía cansada y tenía el uniforme verde del hotel puesto, ese que siempre huele a cloro y a lavanda. Sus ojos me encontraron inmediatamente y vi todo ahí: preocupación, amor, miedo, cansancio. Me miró de arriba a abajo como buscando heridas.

"¿Estás bien, mi amor?" me preguntó en español, tocándome la frente como si fuera a revisar si tenía fiebre.

Asentí, pero por dentro no me sentía bien para nada. Me sentía roto, como mis legos cuando Camila los tira y tengo que buscar todas las piezas.

La señora Davis entró después. Tenía el cabello perfecto como siempre, rubio y brillante como las muñecas de Camila, y traía su biblia bajo el brazo. Miró a Travis con esa mirada que tienen las mamás cuando están decepcionadas pero todavía te quieren.

"¿Qué pasó exactamente?" preguntó la señora Davis, usando su voz de iglesia, suave pero firme.

El señor Johnson les explicó que habíamos peleado en el recreo, pero no dijo por qué. Solo dijo "altercado físico" y "comportamiento inapropiado" y otras palabras grandes que sonaban importantes pero no decían la verdad de lo que pasó.

Las dos mamás estaban paradas una al lado de la otra pero con espacio entre ellas, como imanes que se repelen. Se veían incómodas, como cuando Camila y yo estamos enojados pero tenemos que compartir el carro.

"¿Hubo algún... comentario?" preguntó mami en voz bajita, esa voz que usa cuando no quiere molestar pero necesita saber algo. "¿Alguien dijo algo?"

El señor Johnson nos miró a Travis y a mí. Yo sentí que me hacía más chiquito en la silla.

"¿Niños? ¿Alguien dijo algo que los molestó?"

Travis se veía como si quisiera que se lo tragara la tierra. Yo también. Era más fácil quedarse callado que explicar cómo las palabras pueden ser cuchillos.

"Tommy dijo una palabra," murmuré finalmente, mi voz saliendo como un susurro. "Y Travis la repitió."

"¿Qué palabra?" preguntó la señora Davis.

No quería decirla. No quería que esa palabra fea saliera de mi boca. Era como si al decirla, la hiciera más real.

Y entonces Travis empezó a llorar. No lloriquear como cuando finges para que te den algo, sino llorar de verdad, con mocos y todo.

"No sabía que era mala," sollozó, limpiándose la nariz con la manga. "La escuché en casa. No sabía que dolía."

La señora Davis se puso muy pálida, como cuando Camila se comió todos los dulces de Halloween y se puso mal. Mami cerró los ojos por un segundo, y movió los labios sin hacer sonido. Creo que estaba rezando.

"Creo que entiendo," dijo el señor Johnson en voz baja, mirando a las mamás. "¿Podrían hablar con los niños sobre... comentarios en casa? Están muy chicos para cargar con eso."

Yo no entendía exactamente de qué hablaban los adultos, pero sí entendía que algo malo había pasado. Y que no era solo culpa de Travis. Era culpa de palabras que venían de lugares más grandes que nosotros, palabras que los adultos decían sin pensar que los niños escuchamos todo, recordamos todo, repetimos todo.

3. La disculpa

Después de hablar con el señor Johnson un rato más -los adultos hablando con palabras cuidadosas mientras Travis y yo mirábamos el piso- nos sacaron al pasillo. Travis y yo caminábamos despacio, sin mirarnos, como cuando juegas a "el piso es lava" pero triste.

"Niños," dijo la señora Davis con voz suave, agachándose para estar a nuestra altura. "Necesitan arreglar esto entre ustedes."

Travis se acercó a mí. Tenía lágrimas nuevas en los ojos y la nariz roja como Rodolfo el reno.

"Perdón, Simón," me dijo, y su voz sonaba quebrada como cuando se te rompe tu juguete favorito. "Yo no sabía que esa palabra dolía. Solo la escuché. No quería lastimarte."

Yo también tenía ganas de llorar. Había estado enojado, pero ver a Travis llorar me hizo sentir como cuando mami está triste: mal en todo el cuerpo.

"¿De verdad no sabías?" le pregunté.

"De verdad. Pensé que solo era... una palabra normal. Como cuando dicen 'alto' o 'bajo' o 'moreno.'"

"Pero no es normal," le dije. "Se sintió fea. Como cuando dicen groserías pero peor."

"Lo sé. Ahora lo sé." Se limpió los mocos con la mano. "Mi papá la dijo ayer cuando veíamos las noticias. Pero él no hablaba de ti. Hablaba de... otras personas."

"Pero yo soy esas otras personas," le dije, y fue raro porque nunca había pensado en eso antes.

Nos quedamos parados ahí en el pasillo, con nuestras mamás mirándonos. La señora Davis tenía una expresión triste en la cara, como cuando ves un pajarito herido y no sabes cómo ayudarlo.

"¿Seguimos siendo amigos?" preguntó Travis.

Yo pensé en todas las veces que habíamos jugado juntos. En cuando me prestó su juguete favorito -el Transformer que se convierte en dinosaurio- sin pedirme nada a cambio. En cómo siempre me escogía primero para su equipo aunque había niños más grandes. En cómo compartía sus dulces conmigo aunque su mamá le decía que no comiera muchos.

"Sí," le dije. "Pero no vuelvas a decir esa palabra."

"Nunca. Lo prometo. Cruz de corazón." Hizo la señal sobre su pecho.

"Promételo de verdad."

"Te lo prometo de verdad de la buena. Si la vuelvo a decir, te doy todos mis Pokémon."

Eso era una promesa seria. Travis amaba sus cartas de Pokémon más que nada.

Nos abrazamos ahí en el pasillo de la escuela. Era un abrazo rápido, como el que das cuando alguien se está yendo de viaje pero vas a verlo pronto. Olía a sudor y pasto y un poquito a lágrimas.

Cuando nos separamos, vi que mami y la señora Davis se estaban mirando de una manera diferente. Como cuando dos personas se dan cuenta de algo al mismo tiempo.

"Los niños tienen más sabiduría que nosotros a veces," dijo la señora Davis.

Mami asintió. "Sí. Ellos saben perdonar mejor. No guardan las palabras malas por tanto tiempo."

Las dos mamás se dieron la mano. No era como cuando las amigas se saludan con besos y abrazos. Era más formal, más cuidadoso. Pero era algo.

"Cuide a Travis," le dijo mami a la señora Davis. "Es un buen niño. Solo... a veces los niños buenos repiten cosas malas sin saber."

"Simón también es un buen niño," respondió la señora Davis. "Son afortunados de tenerse. La amistad verdadera puede sobrevivir las palabras equivocadas."

No entendí todo lo que dijeron, pero entendí que ya no estaban enojadas. O tal vez sí estaban enojadas, pero no una con la otra. Estaban enojadas con algo más grande, algo que hacía que palabras feas existieran y que los niños las aprendiéramos sin querer.

4. Volver a jugar

Esa tarde, después de la escuela, después de que mami me diera sopa de pollo diciendo que era buena para el alma y después de que me hiciera prometerle que nunca más pelearía en la escuela, Travis tocó la puerta de mi casa.

Mami lo dejó pasar al patio trasero donde yo estaba construyendo un fuerte con cajas viejas que había encontrado en el garaje. Eran cajas de cuando nos mudamos, que todavía decían "FRÁGIL" con marcador rojo.

"¿Puedo ayudar?" me preguntó Travis, parado en la puerta como si no supiera si era bienvenido.

"Está bien," le dije, aunque todavía me sentía un poco raro. Como cuando te caes y ya no te duele pero todavía recuerdas el golpe.

Trabajamos en silencio por un rato, apilando cajas y pegándolas con cinta adhesiva gris que mami me había dado. Travis era bueno construyendo cosas. Tenía ideas para hacer ventanas con las tapas de las cajas y una puerta secreta usando una caja más grande.

"¿Para qué es el fuerte?" me preguntó mientras cortábamos un hoyo en una de las cajas para hacer una ventana.

"Para escondernos si viene alguien malo," le dije sin pensar.

Travis me miró extraño. "¿Quién vendría?"

No sabía cómo explicarle sobre las cosas que a veces escuchaba cuando mami y papi hablaban en voz baja en la cocina. Sobre gente con uniformes que se llevaba a las familias. Sobre papeles importantes que nosotros no teníamos. Sobre amigos de papi que un día ya no estaban.

"No sé. Gente mala."

Travis asintió como si entendiera. Tal vez sí entendía un poquito.

"Si vienen por ti," me dijo, y por un segundo se me paró el corazón porque pensé que iba a decir la palabra otra vez, pero después continuó, "yo te escondo en mi casa. Tenemos un ático grande. Mi papá nunca sube ahí."

Me hizo sentir raro en el pecho, pero raro bueno. Como cuando alguien te da un regalo sin que sea tu cumpleaños.

"¿De verdad?"

"De verdad. Somos amigos. Los amigos se protegen."

"Pero tu papá dijo..."

"Mi papá dice muchas cosas," Travis me interrumpió. "Pero tú eres mi amigo. Eso es más importante."

No supe qué decir, así que seguimos construyendo. Travis me ayudó a hacer una bandera con un trapo viejo y un palo. Era roja porque era el único trapo que encontramos. La pusimos en la parte más alta del fuerte.

"¿De qué país es la bandera?" me preguntó.

Pensé un momento. "Del país de Travis y Simón," le dije.

"Me gusta ese país."

"En ese país no hay palabras feas."

"Y todos pueden jugar fútbol."

"Y nadie te dice que no perteneces."

"Y los amigos siempre son amigos, no importa qué."

Chocamos las manos para sellar el trato.

Desde la ventana de la cocina, vi que mami nos estaba observando. Tenía esa sonrisa pequeña que pone cuando algo la hace feliz pero también la pone triste al mismo tiempo. Como cuando ve fotos viejas de Colombia o cuando Camila canta canciones en español sin acento.

Cuando Travis se fue a cenar a su casa, me quedé un rato más en el fuerte. Se sentía seguro ahí adentro, como si fuera un lugar donde las palabras feas no pudieran entrar. Un lugar donde solo éramos dos niños jugando, sin países ni papeles ni nada complicado.

Mami salió al patio con dos vasos de jugo de mango, mi favorito.

"¿Cómo te sientes, mi amor?"

"Mejor," le dije. "Travis dijo perdón de verdad."

"Eso es bueno. ¿Y tú lo perdonaste de verdad?"

Pensé en eso. ¿Lo había perdonado? Sí, creo que sí. Seguía doliendo un poquito, como cuando te raspas la rodilla y ya no sangra pero todavía está sensible. Pero era Travis. Era mi amigo. Y los amigos de verdad a veces dicen cosas sin pensar, pero después se arrepienten.

"Sí. Lo perdoné."

Mami me abrazó fuerte. Olía a su perfume barato pero que a mí me gustaba porque olía a ella.

"Estoy orgullosa de ti. Es difícil perdonar cuando alguien nos lastima. Pero tú lo hiciste."

"¿Por qué la gente dice palabras que duelen?"

Mami suspiró y se sentó conmigo en el pasto. El sol se estaba poniendo y el cielo se veía de colores bonitos, como cuando mezclas pinturas.

"A veces la gente dice cosas sin pensar. O repite cosas que escuchó sin entender qué significan. Como Travis hoy."

"¿Y eso está bien?"

"No, mi amor. No está bien. Pero a veces podemos ayudar a las personas a entender. Como tú ayudaste a Travis hoy. Le enseñaste que las palabras pueden doler."

"No quería enseñarle nada. Solo me dolió."

"Lo sé. Pero a veces enseñamos sin querer. Con nuestro dolor, con nuestras lágrimas, con nuestra verdad."

No entendí completamente, pero guardé las palabras de mami en mi cabeza para pensarlas después.

5. Reflexión nocturna

Esa noche, después de cenar y bañarme y cepillarme los dientes -y que mami me revisara para asegurarse de que sí me los había cepillado bien- me acosté con mi oso de peluche. Se llamaba Café porque era color café como el café que toma papi en las mañanas cuando está muy cansado.

La casa estaba silenciosa. Camila ya se había dormido en su cuarto, roncando bajito como un gatito. Mateo estaba haciendo tarea en la mesa de la cocina, y podía escuchar el raspar de su lápiz. Mami y papi estaban en la sala hablando en voz baja, como siempre hacían cuando creían que estábamos dormidos.

Abracé a Café y pensé en el día. En la palabra fea que había dicho Travis. En cómo me había sentido cuando la dijo. En cómo nos habíamos peleado y después nos habíamos perdonado. En el fuerte que construimos juntos.

Recordé cuando Travis me enseñó a amarrar mis zapatos. Yo era el único en kinder que no sabía, y me daba vergüenza. Pero Travis se sentó conmigo en el recreo y me enseñó el truco del conejo: "El conejo sale de su cueva, da la vuelta al árbol, y se mete otra vez." Lo practicamos todos los días hasta que aprendí.

Recordé cuando me caí de mi bici y me raspé las dos rodillas. Travis corrió a su casa y trajo banditas de super héroes y me las puso con cuidado, soplando para que no doliera.

Recordé cuando su perro Max se murió y Travis lloró en el recreo. Yo no sabía qué decir, así que solo me senté con él y le di la mitad de mi sándwich. A veces no necesitas palabras.

Hoy había aprendido algo nuevo. Que hay palabras que duelen más que los golpes. Pero también había aprendido que si alguien dice "perdón" de verdad, esas palabras se pueden soltar, como cuando sueltas un globo y vuela hacia el cielo hasta que ya no lo ves.

No era que olvidaras la palabra fea. Era que podías escoger no cargarla más.

Travis no había querido lastimarme. Solo había repetido algo que escuchó, como cuando yo repito canciones de la radio sin entender todas las palabras. Como cuando canté esa canción en inglés y mami se rió porque estaba diciendo groserías sin saber.

Cerré los ojos y me imaginé que Travis y yo estábamos cruzando un río grande. Pero no había puente. Solo caminábamos sobre el agua, como si fuera sólida. Como si estuviéramos caminando sobre cosas que nadie más podía ver pero que eran reales para nosotros.

Cosas como la amistad. Como el perdón. Como promesas de protegerse uno al otro. Como fuertes hechos de cajas viejas que se convierten en castillos cuando tienes imaginación.

En mi sueño, llegábamos al otro lado del río y ahí había un lugar donde nadie decía palabras feas. Donde todos los niños podían jugar juntos sin que importara de dónde venían sus papás. Donde tener acento diferente era bonito, no raro. Donde todos cabíamos.

Era un lugar bonito. Quería que fuera real.

Pero por ahora, me conformaba con tener a Travis como amigo. Con saber que había dicho perdón de verdad. Con el fuerte que habíamos construido juntos en mi patio. Con la promesa de que me escondería si venían los hombres malos.

Algunas cosas buenas eran pequeñas. Pero también eran fuertes. Como las palabras de perdón. Como los abrazos después de las peleas. Como los amigos que te escogen aunque seas diferente.

Me quedé dormido abrazando a Café, pensando en palabras que sanan en lugar de palabras que duelen. Y soñé con puentes invisibles que solo los amigos de verdad podían cruzar.

En mi sueño, Travis y yo corríamos por el puente, riéndonos, sin miedo a caernos porque sabíamos que el otro nos agarraría.

Y en mi sueño, nadie era ilegal. Todos solo éramos niños.

CAPÍTULO 7:
LA AYUDA QUE NO ESPERABA (PERSPECTIVA DE DARLENE DAVIS)

Un día como cualquier otro

Darlene pasó el trapo por la encimera de mármol de la cocina por tercera vez esa mañana. No había manchas que limpiar -nunca las había en su casa-, pero el movimiento repetitivo la tranquilizaba, le daba propósito. Su hogar era un reflejo de su disciplina: cada superficie brillaba como espejo, cada cojín estaba perfectamente alineado en el sofá de cuero, cada foto familiar enmarcada en ángulos precisos sobre la repisa de la chimenea.

El aroma de las galletas de avena con chips de chocolate se extendía por toda la casa como una bendición doméstica. Había hecho dos docenas, suficientes para llevar algunas a la reunión de damas de la iglesia el miércoles y guardar el resto para Wayne y los niños. En su mundo, todo tenía su lugar, su tiempo, su razón de ser. Era el orden que había construido con tanto cuidado durante quince años de matrimonio.

"Travis, ¿terminaste la tarea de matemáticas?" gritó hacia el piso de arriba, aunque sabía la respuesta. Travis siempre terminaba su tarea.

"¡Sí, mami!" llegó la respuesta desde su cuarto, junto con el sonido de videojuegos que pretendía no escuchar.

Darlene sonrió. Travis era un niño obediente, aplicado, que nunca le daba problemas reales. Se parecía a Wayne en eso: directo, honesto, con valores claros. Bueno, había tenido ese incidente con Simón en la escuela la semana pasada, pero habían hablado sobre eso. Sobre las palabras que duelen. Sobre ser cuidadoso con lo que se dice. Travis había llorado de verdad esa noche, preguntándole por qué las palabras que papá decía en casa habían hecho llorar a su mejor amigo.

Darlene no había sabido qué responder.

Savannah era otra historia.

Su hija había estado extraña últimamente. Más callada de lo usual, pasando horas en su cuarto con la puerta cerrada, bajando a cenar con los ojos rojos como si hubiera estado llorando. Cuando Darlene le preguntaba qué pasaba, Savannah solo encogía los hombros y decía "nada" con esa voz que claramente significaba "algo, pero no te lo voy a decir."

Había intentado acercarse de diferentes maneras. Le había comprado revistas cristianas para adolescentes -"Revista La Fuente", "Brio"-, la había invitado a acompañarla a actividades de la iglesia, incluso había sugerido que invitara amigas a la casa para una tarde de películas. Pero Savannah rechazaba todo con una cortesía fría que dolía más que los berrinches abiertos.

"Es una etapa," se repetía Darlene, como un mantra. "Todas las niñas pasan por esto. Ya se le pasará."

Pero en el fondo de su corazón perfectamente ordenado, sabía que algo más profundo estaba sucediendo. Algo que no entendía y que, honestamente, la asustaba. A veces sorprendía a Savannah mirándola con una expresión que no podía descifrar. Como si estuviera esperando algo. Como si estuviera midiendo si podía confiar en ella.

Se sirvió una taza de café -descafeinado, porque la cafeína la ponía nerviosa- y se sentó en la mesa del desayunador, mirando por la ventana hacia el patio trasero. Todo estaba perfecto: el césped recién cortado en líneas diagonales como a Wayne le gustaba, los rosales podados en ángulos precisos, la cerca blanca sin una sola astilla suelta. Era exactamente la vida que había imaginado cuando se casó con Wayne quince años atrás. La vida que sus padres habían modelado para ella. La vida que Dios había bendecido.

Entonces, ¿por qué últimamente se sentía tan... vacía?

No, vacía no era la palabra correcta. Inquieta. Como si algo se moviera bajo la superficie perfecta de su vida, algo que no podía nombrar.

Tomó un sorbo de café y sintió una ligera náusea. Llevaba días sintiéndose así. El calor de Louisiana ya estaba volviéndose sofocante aunque apenas era mayo, pero no era eso. Era otra cosa. Entre las preocupaciones por Savannah, las tensiones en el trabajo de Wayne desde esa redada de la que nunca hablaba directamente, y la sensación constante de que algo estaba cambiando en su mundo ordenado, Darlene se sentía fuera de balance.

"Solo necesito más oración," murmuró para sí misma, tocando la pequeña cruz de oro que llevaba al cuello, la que Wayne le había regalado en su quinto aniversario. "Y más fe."

Había sido criada para creer que la fe y la disciplina podían resolver cualquier problema. Su madre le había enseñado que una mujer de Dios mantenía su hogar inmaculado, cuidaba a su familia con devoción, y confiaba en que el Señor proveería. Y hasta ahora, había funcionado. Tenían una casa hermosa en un buen vecindario, hijos sanos, un matrimonio estable.

¿Por qué entonces sentía que algo faltaba?

Últimamente, cuando oraba, las palabras se sentían mecánicas. Como si estuviera recitando líneas de una obra de teatro que había representado tantas veces que había olvidado lo que significaban. "Padre nuestro que estás en los cielos..." ¿Pero qué pasaba con los que estaban aquí en la tierra, sufriendo? "Danos hoy nuestro pan de cada día..." ¿Pero qué pasaba con los que no tenían pan?

Sacudió la cabeza. Esos pensamientos no llevaban a ningún lado. Ella tenía una vida bendecida. No tenía derecho a cuestionarla.

2. La emergencia

Subió las escaleras para revisar a los niños. Travis estaba en su cuarto, efectivamente jugando videojuegos, con su dinosaurio de peluche favorito (que insistía que ya no necesitaba pero que aún dormían con él) en el regazo. Le dio un beso en la frente y él murmuró "mamá" en ese tono de preadolescente avergonzado, pero sin apartarse.

La puerta de Savannah estaba cerrada. Darlene se quedó parada frente a ella por un momento, escuchando. Música suave, apenas audible. No era música cristiana. Era algo más melancólico, más... mundano. Levantó la mano para tocar, luego la bajó. Últimamente, cada conversación con Savannah se convertía en una batalla silenciosa que ninguna de las dos ganaba.

Tal vez más tarde. Cuando bajara a almorzar.

Volvió a la cocina y comenzó a preparar el almuerzo. Sándwiches de pavo con pan integral, fruta cortada en cubos perfectos, jugo de manzana orgánico. Todo saludable, todo apropiado, todo perfecto.

Fue entonces cuando escuchó pasos en las escaleras. Pesados. Arrastrados.

Savannah bajaba lentamente, agarrándose del pasamanos como si necesitara apoyo. Incluso desde la cocina, Darlene pudo ver que algo estaba mal.

"¿Mija? ¿Estás bien?"

Savannah llegó al final de las escaleras y se detuvo. Se veía pálida, casi gris. Tenía ojeras profundas como manchas de carbón y sus manos temblaban visiblemente.

"Solo... solo me siento un poco mareada," murmuró. Su voz sonaba lejana, como si viniera de muy lejos.

Darlene dejó el cuchillo en la tabla de cortar y se acercó inmediatamente. Cuando puso la mano en la frente de Savannah, sintió que estaba fría y húmeda. Sudor frío. Eso no era bueno.

"¿Cuándo fue la última vez que comiste?"

"Esta mañana... creo."

"¿Crees? Savannah, son las dos de la tarde."

Pero incluso mientras hablaba, Darlene sabía que no había visto a Savannah desayunar. Últimamente su hija bajaba tarde, tomaba un vaso de agua, tal vez mordisqueaba una tostada, y desaparecía de nuevo en su cuarto.

Savannah dio un paso hacia el comedor y se tambaleó. Sus rodillas se doblaron como bisagras oxidadas.

Darlene la agarró del brazo, sintiendo lo delgado que estaba bajo la sudadera holgada. "Siéntate, cariño. Siéntate inmediatamente."

Pero antes de que pudiera guiarla a una silla, Savannah se desplomó. Sus piernas cedieron completamente y cayó al suelo de la sala como una marioneta a la que le cortaron las cuerdas. Su cabeza golpeó la alfombra con un sonido sordo que Darlene sintió en sus propios huesos.

"¡Savannah!" Se tiró al suelo junto a su hija, el pánico subiéndole por la garganta como bilis. "¡Savannah, despiértate!"

Le tocó la cara -tan fría, tan pálida, le sacudió los hombros suavemente. Nada. Savannah respiraba, Darlene podía ver su pecho subir y bajar, pero sus ojos estaban cerrados y su cuerpo estaba completamente flácido.

El mundo perfecto de Darlene se desmoronó en ese momento. Todas sus certezas, todo su control, toda su fe ordenada se evaporaron como el rocío de la mañana. No sabía qué hacer. Su mente, generalmente tan organizada, era un caos de pensamientos fragmentados. ¿Debía moverla o dejarla quieta? ¿Llamar al 911 o llevarla al hospital? ¿Era esto grave o solo un desmayo normal? ¿Los adolescentes se desmayaban normalmente?

"¡Travis!" gritó, pero su voz salió ronca y débil, estrangulada por el miedo. "¡Travis, ven acá!"

Travis bajó corriendo las escaleras, todavía con el control del videojuego en la mano. Cuando vio a Savannah en el suelo, el control cayó de sus dedos y rebotó en la alfombra.

"¿Qué le pasó a Savannah?" Su voz subió una octava, volviéndose aguda con el pánico. "¿Está muerta?"

"No, no está muerta. Solo... solo se desmayó. Todo va a estar bien." Las palabras salieron automáticas, el instinto maternal de calmar incluso cuando ella misma estaba aterrorizada.

Pero no se sentía como si todo fuera a estar bien. Se sentía como si su mundo perfectamente ordenado se estuviera desmoronando en el suelo de su sala inmaculada. Su hija, su bebé, estaba inconsciente y ella no sabía qué hacer. Toda su preparación, todas sus revistas de crianza cristiana, todos sus grupos de oración, y no sabía qué hacer cuando realmente importaba.

Fue entonces cuando escuchó pasos corriendo en el porche y la puerta principal se abrió sin que nadie tocara.

Rosa Ramírez entró como un huracán controlado, todavía con su uniforme verde del hotel, el cabello húmedo de sudor pegado a las sienes, los ojos inmediatamente enfocados en Savannah. No preguntó permiso. No dudó. Solo actuó.

"Escuché gritos," dijo, arrodillándose junto a Darlene sin ceremonia. "¿Qué pasó?"

"Ella... se desmayó. No sé qué hacer. Yo no... no sé..."

Rosa ya estaba en acción. Puso dos dedos en el cuello de Savannah, verificando el pulso con movimientos precisos y practicados. Luego levantó suavemente uno de sus párpados, examinando la pupila.

"¿Cuánto tiempo lleva así?"

"Apenas... unos minutos. Dos minutos. Tal vez tres. No sé."

Rosa asintió, calmada como el ojo de un huracán. "Está bien. Está respirando normal, el pulso está bien, un poco rápido pero no peligroso. ¿Ha comido hoy?"

"Dice que sí, pero... no estoy segura. No la vi desayunar."

"¿Ha estado comiendo bien últimamente? ¿Durmiendo?"

Darlene sintió las lágrimas picar sus ojos. "No lo sé. Ella no... no me habla mucho últimamente."

Si Rosa juzgó esa admisión, no lo mostró. Solo asintió como si entendiera perfectamente.

"Travis," dijo Rosa, volteándose hacia el niño que seguía parado paralizado en las escaleras. Su voz era firme pero gentil. "Ve a la cocina y tráeme un vaso de agua con azúcar. Dos cucharadas grandes de azúcar. ¿Puedes hacer eso?"

Travis asintió vigorosamente y salió corriendo, claramente aliviado de tener algo útil que hacer.

"Vamos a levantarle las piernas," le dijo Rosa a Darlene. "Ayúdame. Mejora la circulación hacia el cerebro."

Entre las dos, levantaron las piernas de Savannah y las pusieron sobre uno de los cojines perfectamente mullidos del sofá. Rosa siguió verificando signos vitales con una eficiencia que hablaba de experiencia. No de entrenamiento médico formal, sino de vida. De haber cuidado a personas. De haber enfrentado crisis.

"¿Debería llamar al 911?" preguntó Darlene, odiando cómo su voz todavía temblaba.

"Esperemos un minuto. A ver si responde al azúcar. Si no, sí llamamos. Pero creo que es desmayo por baja de azúcar. He visto esto antes."

¿Dónde había visto esto antes? ¿En Colombia? ¿En su trabajo? ¿Con sus propios hijos? Darlene se dio cuenta de que no sabía casi nada sobre la vida de Rosa más allá de lo superficial.

Travis regresó con el agua azucarada, caminando despacio para no derramarla. Sus manos temblaban un poco, pero mantuvo el vaso estable.

"Buen trabajo, mijo," le dijo Rosa, tomando el vaso. "Ahora ve a sentarte allá. Tu hermana va a estar bien."

Rosa mojó sus dedos en el agua azucarada y puso unas gotas en los labios de Savannah, luego le frotó suavemente las sienes.

"Savannah," dijo suavemente pero con autoridad. "Savannah, despiértate. Tu mamá está aquí. Estás segura."

Después de unos segundos que se sintieron como horas, Savannah pestañeó. Sus ojos se abrieron lentamente, desenfocados y confundidos.

"¿Qué pasó?" Su voz era apenas un susurro.

"Te desmayaste, mija," dijo Rosa. "Quédate quieta por un momento. No te levantes todavía."

Darlene sintió que las piernas le fallaban de alivio. Se dejó caer de rodillas junto a su hija. "Gracias a Dios," murmuró, las lágrimas finalmente cayendo. "Gracias a Dios."

"¿Puedes sentarte?" preguntó Rosa después de un momento.

Savannah asintió débilmente. Entre Rosa y Darlene la ayudaron a incorporarse lentamente, apoyándola contra el sofá. Rosa le dio el vaso de agua azucarada.

"Toma esto despacio. Pequeños sorbos. No te apures."

Mientras Savannah bebía, Rosa se volteó hacia Darlene. Sus ojos oscuros eran comprensivos pero serios.

"Deberíamos llevarla al doctor. Solo para estar seguras. Puede ser solo baja de azúcar, pero con los adolescentes... hay que revisar bien."

"Sí. Sí, por supuesto. Voy a llamar a Wayne..."

"Mi esposo está afuera en el camión," dijo Rosa sin dudar. "Los puede llevar ahora mismo si quiere. Es más rápido."

Darlene la miró, realmente la miró. Rosa había aparecido como de la nada, había manejado la crisis con una calma que ella no había logrado mantener, y ahora se estaba ofreciendo a llevarlas al hospital. Todo sin que nadie se lo pidiera. Todo como si fuera lo más natural del mundo.

"¿Haría eso?"

"Por supuesto. Para eso estamos los vecinos."

Los vecinos. La palabra resonó en la mente de Darlene. ¿Cuántas veces había pasado junto a Rosa sin realmente verla como vecina? ¿Cuántas veces había pensado en los Ramírez como "esa familia mexicana" (ni siquiera tenía su nacionalidad correcta) en lugar de simplemente "nuestros vecinos"?

3. En la sala de espera

El hospital Ochsner en Kenner olía a desinfectante y miedo mal disimulado. Darlene se sentó en una silla de plástico azul que había visto días mejores, observando mientras Rosa llenaba papeles en la recepción. No sabía por qué Rosa conocía toda la información del seguro médico de su familia, hasta que se dio cuenta de que no la conocía. Rosa simplemente había preguntado las cosas correctas, había tomado notas en una libretita que sacó de su bolso, había traducido cuando Darlene estaba demasiado nerviosa para encontrar las palabras.

"¿Alergias conocidas?" preguntó Rosa. "Penicilina," respondió Darlene automáticamente. "¿Medicamentos actuales?" "Ninguno... creo. No, ninguno." "¿Fecha de nacimiento?" "Marzo 15, 2009."

Rosa escribía todo con letra clara, traduciendo la información al inglés cuando era necesario, navegando el sistema de salud americano con una facilidad nacida de la necesidad.

Savannah estaba en un cuarto de examen con una enfermera, haciéndose análisis de sangre y un electrocardiograma. "Protocolo estándar para desmayos en adolescentes," había explicado el doctor con esa voz calmada que usan cuando no quieren alarmar pero tampoco quieren comprometerse. "Probablemente solo necesita comer mejor y dormir más, pero queremos estar seguros."

Travis se había quedado con Alejandro en el estacionamiento. Darlene lo había visto por la ventana: Alejandro le estaba enseñando algo con palitos y piedras, probablemente algún juego o truco de ingeniería. Travis escuchaba con atención completa, sin rastro del miedo o incomodidad que ella habría esperado después de... después de todo.

Rosa regresó y se sentó junto a Darlene. Sacó de su bolso dos cafés en vasos de papel que había comprado en la máquina expendedora.

"Pensé que podría necesitar esto," dijo, extendiéndole uno.

Darlene tomó el café con manos que todavía temblaban ligeramente. Estaba terrible -aguado y amargo- pero el gesto la conmovió de una manera que no esperaba.

"Gracias."

Se quedaron sentadas en silencio por un momento. La sala de espera estaba llena de gente: una madre joven con un bebé que lloraba intermitentemente, un hombre mayor leyendo un periódico en español, una mujer con el brazo en cabestrillo hablando por teléfono en un idioma que Darlene no reconoció. Vida real, cruda, sin los filtros de su mundo suburbano perfecto.

"No sé qué habría hecho sin usted," dijo finalmente, su voz apenas un susurro.

Rosa no respondió inmediatamente. Cuando lo hizo, su voz era suave pero llevaba el peso de la experiencia.

97

"Una madre cuida a otra madre."

Era una frase simple, pero se asentó en el pecho de Darlene como una revelación. Por primera vez en años -tal vez en décadas- se sintió pequeña. No pequeña de manera diminuta o insignificante, sino pequeña como parte de algo más grande. Como si fuera una pieza en un rompecabezas que no sabía que existía.

"Yo... yo nunca he estado en una situación así," admitió. "Siempre he pensado que tenía todo bajo control. Que si hacía todo bien, si seguía las reglas, si oraba lo suficiente..."

Se detuvo, avergonzada de su propia ingenuidad.

Rosa asintió como si entendiera exactamente lo que quería decir. "Los niños nos enseñan que el control es una ilusión," dijo. "Todo lo que podemos hacer es amar y esperar que sea suficiente."

"¿Tiene hijos?" Darlene se sorprendió de no estar segura. Sabía que sí, por supuesto, pero se dio cuenta de que no sabía sus nombres, sus edades, nada real sobre ellos.

"Tres. Mateo tiene catorce, como Savannah. Simón tiene ocho, la edad de Travis. Y Camila tiene seis."

"Simón," repitió Darlene. "Travis habla mucho de él."

"Son buenos amigos. A pesar de..." Rosa no terminó la frase.

"Lo siento," dijo Darlene súbitamente. "Por lo que Travis dijo. Por las palabras que usó. No... no lo educamos para decir esas cosas."

"Pero las escuchó en algún lado."

No era una acusación. Solo un hecho. Darlene sintió el peso de ese hecho como una piedra en el estómago.

"Sí," admitió. "Las escuchó."

Miró a Rosa realmente por primera vez. No como "la vecina latina" o "la empleada doméstica" o cualquiera de las etiquetas que inconscientemente había usado durante años. La vio como una mujer que había criado tres hijos en un país extranjero. Que trabajaba limpiando habitaciones de hotel para mantener a su familia. Que había aparecido para ayudar sin dudar, sin juzgar, sin esperar nada a cambio.

Una mujer que había dejado todo lo que estaba haciendo para ayudar a la hija de una vecina que apenas le hablaba.

"¿Por qué lo hizo?" preguntó Darlene. "¿Por qué vino a ayudar?"

Rosa la miró con esos ojos oscuros que parecían sostener historias que Darlene nunca había considerado escuchar.

"Porque usted habría hecho lo mismo."

Pero Darlene no estaba segura de que eso fuera cierto. Se preguntó si habría corrido a ayudar si hubiera escuchado gritos desde la casa de los Ramírez. Se preguntó si habría dejado sus prejuicios y sus miedos a un lado tan rápidamente. Se preguntó si habría sabido qué hacer.

La verdad era que no lo sabía. Y eso la avergonzaba más de lo que podía expresar.

"No sé si lo habría hecho," admitió, las palabras saliendo antes de que pudiera detenerlas. "No sé si habría... si habría sabido que podía."

Rosa la estudió por un momento. "El primer paso es darse cuenta. El segundo es cambiar."

4. Reflexión privada

Dos horas después, estaban de vuelta en casa. Savannah tenía anemia leve y deshidratación -nada grave médicamente, pero el doctor había sido claro: necesitaba más hierro en su dieta, más agua, más calorías, y "menos estrés, si es posible." También había sugerido, con tacto profesional, que consideraran "apoyo adicional" para "los desafíos emocionales de la adolescencia."

Terapia. Estaba sugiriendo terapia. Darlene había asentido, tomando los folletos que le ofrecían, sintiéndose como una fracasada. ¿Cómo no había visto que su hija estaba sufriendo tanto?

Wayne había llegado a casa cuando ellas regresaban del hospital. Había abrazado a Savannah por un largo tiempo, sus ojos llenos de un miedo que Darlene reconocía: el terror de casi perder lo que das por sentado.

Ahora Savannah dormía en su cuarto, con órdenes de descansar el resto del día. Travis estaba en la sala viendo televisión, inusualmente callado. Wayne había salido al garaje a trabajar en algo -su manera de procesar el estrés, necesitaba hacer algo con las manos cuando su mente estaba agitada.

Darlene se sentó en su escritorio en el dormitorio principal, frente al diario que había mantenido durante quince años. El cuero de la cubierta estaba suave por el uso, las páginas llenas de su letra cuidadosa. Algunas entradas eran banales: listas de compras, recordatorios de citas médicas, reflexiones sobre sermones dominicales. Otras eran más profundas: oraciones escritas cuando las palabras habladas no bastaban, preocupaciones sobre los niños, gratitud por bendiciones recibidas.

Esa noche, no sabía qué escribir.

Empezó varias veces:

"Hoy Savannah se desmayó..."

"Doy gracias a Dios por..."

"He estado pensando en..."

Cada comienzo se sentía inadecuado. Finalmente, escribió:

"La mujer que salvó a mi hija vive a una cuadra de distancia. Ha vivido ahí por tres años. Hoy fue la primera vez que realmente la vi."

Dejó la pluma y leyó la frase varias veces. Era honesta de una manera que dolía. Honesta de una manera que su educación sureña y cristiana generalmente no permitía.

Durante tres años, había vivido a una cuadra de Rosa Ramírez. Había visto a sus hijos jugar con Travis y Savannah. Había notado el auto viejo pero bien mantenido en su entrada. Había visto a Rosa caminar hacia la parada del autobús antes del amanecer y regresar después del atardecer. Había observado a la familia caminar juntos los domingos, vestidos con su mejor ropa, probablemente hacia la iglesia católica en Williams Boulevard.

Pero nunca había visto realmente a Rosa. No como persona completa. No como madre que se levantaba a las 4:30 AM para preparar loncheras. No como mujer que trabajaba doble turno para ahorrar para un sueño. No como alguien con conocimientos médicos prácticos nacidos de necesidad y experiencia. No como un ángel que aparecería exactamente cuando más se necesitaba.

Se levantó del escritorio y fue a su mesa de noche, donde guardaba su biblia. Era una edición de cuero negro con su nombre grabado en oro, un regalo de bodas de sus padres. La abrió en Hebreos, capítulo 13, versículo 2, un pasaje que había subrayado años atrás:

"No os olvidéis de la hospitalidad, porque por ella algunos, sin saberlo, hospedaron ángeles."

Había leído ese versículo cientos de veces. Lo había citado en estudios bíblicos, lo había usado en conversaciones sobre caridad cristiana. Pero nunca se había preguntado si lo estaba viviendo realmente.

¿Había mostrado hospitalidad a Rosa? ¿Había siquiera intentado conocerla como algo más que una presencia periférica en su mundo ordenado?

La respuesta la avergonzaba profundamente.

Se sentó en la cama, todavía sosteniendo la biblia, y por primera vez en mucho tiempo, oró sin usar palabras ensayadas. No el "Padre nuestro" memorizado o las oraciones de agradecimiento por la comida. Oró desde un lugar más profundo, más real.

"Señor," susurró, "perdóname. Perdóname por tener ojos y no ver. Por tener oídos y no escuchar. Por vivir tan cerca de personas que luchan y nunca preguntarles si necesitan ayuda. Por enseñarle a mis hijos a amar al prójimo pero no mostrarles cómo. Por ser tan... tan ciega."

Las lágrimas cayeron sobre las páginas delgadas de la biblia, manchando ligeramente la tinta.

"Gracias por enviar a Rosa hoy. Gracias por mostrarme que los ángeles no siempre se ven como esperamos. A veces usan uniformes de hotel y hablan con acento y saben exactamente qué hacer cuando nuestro mundo perfecto se derrumba."

Cerró la biblia y se quedó sentada en el silencio de su cuarto perfecto, en su casa perfecta, en su vida que de repente no se sentía tan perfecta.

¿Cuántas veces había juzgado sin conocer? ¿Cuántas veces había asumido cosas sobre los Ramírez basándose en... en qué? ¿En su acento? ¿En su estatus migratorio? ¿En los comentarios casuales de Wayne sobre "ilegales"?

Se levantó y caminó hacia la ventana. Desde ahí podía ver la casa de los Ramírez. Las luces estaban encendidas. Probablemente estaban cenando, los cinco juntos alrededor de su mesa pequeña, compartiendo historias del día. Alejandro habría llegado cansado del trabajo -el mismo trabajo donde Wayne era supervisor- pero sonriendo para su familia. Los niños estarían hablando sobre la escuela. Rosa estaría sirviendo la comida que había preparado después de trabajar todo el día.

Una familia. Solo una familia tratando de salir adelante. Como la suya.

¿Por qué había sido tan difícil verlo?

5. Gesto de apertura

Al día siguiente, Darlene se levantó temprano y se puso a cocinar. No galletas esta vez. No algo perfecto de Pinterest. Hizo lo que mejor sabía hacer cuando quería mostrar amor genuino: un pastel de chocolate. Era su especialidad, la receta que había heredado de su abuela, la que hacía para ocasiones verdaderamente especiales.

Le llevó tres horas entre la preparación y el horneado. El glaseado de coco y nuez pecana requería paciencia, revolviendo constantemente para que no se quemara. Pero necesitaba hacer algo con las manos mientras procesaba todo lo que había sucedido. Mientras su mundo perfectamente ordenado se reacomodaba en nuevas configuraciones.

Savannah bajó mientras el pastel se enfriaba.

"Huele rico," dijo, todavía pálida pero con mejor color que ayer.

"Es para Rosa. Para agradecerle."

Savannah la estudió. "Eso está bien, mamá. Realmente bien."

"¿Quieres venir conmigo a llevarlo?"

"Tal vez... tal vez deberías ir sola esta primera vez."

Darlene asintió. Su hija la conocía bien.

A las cuatro de la tarde, cuando sabía que Rosa habría regresado del trabajo, caminó hacia la casa de los Ramírez con el pastel en las manos. Había puesto el pastel en su mejor plato para pasteles, el de porcelana con flores azules que solo usaba en Navidad.

Era la primera vez que cruzaba esa calle con intención de visitar a los Ramírez. La primera vez que tocaba esa puerta por elección propia.

Se detuvo en el porche, notando los detalles que nunca había visto desde lejos. Macetas con hierbas -cilantro, tal vez albahaca- creciendo pese al calor. Un par de zapatos pequeños dejados junto a la puerta. Un felpudo que decía "Bienvenidos" en español e inglés.

Tocó el timbre, su corazón latiendo más rápido de lo que debería para un simple gesto de agradecimiento.

Rosa abrió, todavía con su uniforme del hotel, sorpresa clara en su rostro.

"Señora Davis."

"Por favor, llámeme Darlene." Extendió el pastel como una ofrenda. "Esto es para usted. Para agradecerle por ayer. Por todo."

Rosa tomó el plato con cuidado, mirando el pastel con algo parecido al asombro.

"No era necesario. Cualquier persona habría hecho lo mismo."

"No," dijo Darlene firmemente. "No cualquier persona habría hecho lo mismo. Y desde luego, no con la gracia que usted mostró."

Por un momento se quedaron ahí, en el umbral, dos madres de mundos diferentes unidas por el acto simple y profundo de cuidarse mutuamente.

Rosa la invitó a pasar, pero Darlene no se sentía lista para ese nivel de intimidad todavía. Necesitaba ir despacio, procesar este cambio sísmico en su perspectiva. Pero había algo más que quería decir.

"Rosa," comenzó, usando el nombre de pila por primera vez sin la formalidad del "señora". "Me preguntaba si... si a usted y su familia les gustaría venir a cenar algún día. Pronto. Me gustaría... me gustaría conocerlos mejor."

Vio sorpresa real en los ojos de Rosa, seguida de algo que se veía como esperanza cautelosa.

"Eso sería... muy amable de su parte."

"¿El domingo próximo? Después de la iglesia. Como a las dos. Nada formal, solo... solo vecinos compartiendo una comida."

Rosa asintió lentamente, como si estuviera procesando que esto estaba sucediendo realmente. "Sí. Nos gustaría mucho."

"Perfecto. Hasta el domingo, entonces."

Darlene sonrió, y se sintió genuina por primera vez en semanas. No la sonrisa perfecta de esposa de suburbio que había perfeccionado, sino algo más real, más

"Darlene," la llamó Rosa cuando ya se iba. "Gracias. Por el pastel y por... por ver."

Por ver. Dos palabras que contenían todo.

"Gracias a usted por ayudarme a abrir los ojos."

Caminó de regreso a su casa con el corazón más ligero de lo que había estado en meses. No había solucionado todos los problemas del mundo. No había deshecho años de prejuicios y suposiciones. Pero había dado un paso. Un paso pequeño pero real hacia ser la cristiana que siempre había dicho ser.

En el porche de su casa, se volteó y vio a Rosa todavía parada en su puerta, sosteniendo el plato del pastel, observándola. A través de la distancia de una calle suburbana, dos mujeres se reconocieron mutuamente como lo que siempre habían sido bajo la superficie: madres, vecinas, seres humanos tratando de hacer lo mejor en un mundo complicado.

Se saludaron con la mano, un gesto simple que contenía promesas de más. De cenas compartidas y recetas intercambiadas. De niños jugando sin que las palabras feas se interpongan. De una comunidad que podría ser, si se atrevían a construirla.

Esa noche, escribió en su diario:

"Hoy invité a mis vecinos a cenar. No a 'esos mexicanos' (y resulta que son colombianos). No a 'los ilegales'. A mis vecinos. A la familia Ramírez. A Rosa, Alejandro, Mateo, Simón y Camila. Hoy empecé a ver. Oro para que no sea demasiado tarde para realmente mirar."

Y por primera vez en semanas, cuando oró antes de dormir, las palabras se sintieron vivas. No recitadas de memoria, sino nacidas de un corazón que finalmente estaba aprendiendo lo que significaba amar al prójimo como a uno mismo.

Incluso -especialmente- cuando ese prójimo había estado ahí todo el tiempo, esperando ser visto.

CAPÍTULO 8:
RAÍCES CRUZADAS
(PERSPECTIVA DE SAVANNAH DAVIS)

Preparativos con tensión

Mamá había limpiado la casa tres veces en dos días. Yo la había visto pasar la aspiradora por la alfombra persa de la sala hasta que las líneas del tejido quedaron perfectamente alineadas, lustrar la mesa del comedor con ese aceite de limón que olía demasiado fuerte, y reorganizar los cojines del sofá por cuarta vez esa mañana. Cada vez que terminaba una tarea, encontraba otra: limpiar las ventanas que ya brillaban, quitar polvo a los marcos de fotos que no tenían polvo, acomodar las revistas en la mesa de centro en ángulos precisos.

"Va a venir Rosa, no la reina de Inglaterra," pensé, pero me quedé callada. Había algo diferente en mamá desde el día que me desmayé.

Algo más suave alrededor de los ojos, más incierto en sus movimientos. Como si hubiera descubierto que el mundo no funcionaba exactamente según el manual que había estado siguiendo toda su vida.

Me senté en el taburete de la cocina, dibujando en mi cuaderno mientras la observaba. Había empezado un nuevo proyecto: mapear las conexiones invisibles entre las personas. Líneas que se cruzaban y se entrelazaban, algunas sólidas, otras punteadas, algunas rotas y reconectadas.

"Savannah, ¿puedes poner las servilletas de tela?" me pidió desde la cocina, donde estaba puliendo copas que ya brillaban. "Las azules, no las de todos los días."

"¿En serio necesitamos las servilletas elegantes?"

Se detuvo, sosteniendo una copa contra la luz como si buscara manchas inexistentes. "Sí," respondió, pero su voz no tenía esa firmeza usual que no admitía preguntas. Sonaba más como si estuviera tratando de convencerse a sí misma.

Dejé mi cuaderno y fui al comedor. Las servilletas de tela azul marino estaban en el cajón del aparador, perfectamente planchadas y dobladas. Las saqué con cuidado, sintiendo la suavidad del lino egipcio. Probablemente costaban más que lo que Rosa ganaba en un día limpiando habitaciones de hotel.

El pensamiento me hizo pausar. ¿Por qué estaba tan consciente de esas diferencias ahora? ¿Por qué cada objeto en nuestra casa perfecta de repente parecía gritar su precio?

Travis bajó las escaleras corriendo, usando su camiseta favorita de dinosaurios. La que tenía un tiranosaurio con lentes de sol que decía "Too Cool to Extinct." Se había puesto gel en el pelo, tratando de peinarse como los chicos mayores, pero algunos mechones se negaban a cooperar.

"Travis, no," dijo mamá inmediatamente al verlo. "Ponte la camisa azul que te dejé en la cama."

"¿Por qué? A Simón le gusta esta camiseta. Dice que es 'súper cool'."

Mamá abrió la boca, luego la cerró. Vi el momento exacto en que procesó sus propias palabras, en que se dio cuenta de lo que estaba haciendo.

"¿Simón no va a ser mi amigo si uso la camiseta de dinosaurios?" Travis inclinó la cabeza, genuinamente confundido.

La pregunta flotó en el aire como una acusación involuntaria. Mamá se quedó callada, y pude ver el conflicto en su rostro. Toda su vida había sido sobre presentar la imagen correcta, sobre verse "apropiados" para cada ocasión. Pero ahora esa preocupación se enfrentaba a algo más profundo.

"No, mijo," dijo finalmente, su voz más suave. "Simón va a ser tu amigo sin importar qué uses. Ve a ponerte la camisa azul porque... porque es domingo y los domingos nos vestimos bien para las visitas."

Travis subió corriendo, satisfecho con esa explicación. Pero yo seguía pensando en su pregunta. En cómo los niños podían ver directo al corazón de las cosas sin siquiera intentarlo.

Volví a mi cuaderno y dibujé dos figuras de palitos: una con camiseta de dinosaurio, otra con camisa formal. Las conecté con una línea sólida etiquetada "amistad real." Luego dibujé adultos alrededor, con líneas punteadas etiquetadas "apariencias," "expectativas," "miedo."

Papá apareció en la cocina usando una camisa blanca simple, sin ninguno de sus usuales logos o mensajes. Normalmente, los domingos usaba su camiseta de "Don't Tread on Me" o algo con la bandera americana. A veces una con un versículo bíblico. Hoy se veía... neutral. Como si hubiera borrado temporalmente sus afiliaciones.

"¿Cómo me veo?" le preguntó a mamá, tirando de los puños de la camisa.

"Bien. Te ves bien." Pero había algo forzado en su voz, como si ambos estuvieran actuando en una obra cuyo guion no habían ensayado completamente.

Vi cómo papá miraba alrededor de la sala, notando los cambios sutiles. No comentó nada, pero sus ojos se detuvieron en el espacio vacío donde usualmente colgaba su certificado de la NRA, en la repisa donde normalmente exhibía su colección de monedas conmemorativas militares.

Me pregunté qué significaba esta autocensura. ¿Estábamos siendo considerados o hipócritas? ¿Había diferencia?

Desde mi ventana había visto a papá esa mañana temprano, guardando cosas en el garaje. La bandera de "Come and Take It" del porche. El letrero de "We Support Our Troops" del jardín. Incluso había movido su rifle de exhibición del estante de la sala al armario del cuarto.

Símbolos que habían definido nuestra identidad familiar durante años, escondidos como si fueran vergonzosos. O tal vez solo inadecuados para la compañía que esperábamos.

En mi cuaderno, dibujé una casa con capas como una cebolla. En el centro escribí "¿quiénes somos realmente?" En las capas exteriores: "lo que mostramos," "lo que escondemos," "lo que tememos que vean."

Subí a mi cuarto para cambiarme. Mi reflejo en el espejo me devolvió la mirada: pálida todavía por el episodio del desmayo, con ojeras que el corrector no podía esconder completamente. El doctor había dicho anemia y estrés. Mamá había asentido como si entendiera, pero yo sabía que había más. Había el peso de ser quien no eras, de encajar en moldes que te ahogaban, de sonreír cuando querías gritar.

Me quedé parada frente al closet durante diez minutos, paralizada por la simple decisión de qué ponerme. Cada prenda parecía una declaración. El vestido floral que mamá había comprado gritaba "hija perfecta del sur." Los jeans y la camiseta negra susurraban "rebeldía adolescente." Nada se sentía como yo.

Finalmente escogí una blusa verde menta, suelta pero bonita, que no decía nada en particular. Neutral, como papá. Una prenda que me permitía simplemente existir sin tener que representar nada.

Mientras me cepillaba el pelo -lacio, rubio, todo lo que se suponía que debía ser- pensé en Mateo. En cómo llevaba el peso de traducir mundos sobre sus hombros adolescentes. En cómo sus ojos a veces se veían antiguos cuando hablaba del futuro. En los puentes que dibujaba en los márgenes de sus cuadernos, siempre conectando orillas imposibles.

Tomé mi cuaderno de dibujos. Durante las últimas semanas lo había llenado con bocetos cada vez más extraños: árboles con raíces aéreas, casas flotantes ancladas con hilos invisibles, personas con alas que no podían usar. No sabía por qué dibujaba esas cosas, pero se sentían verdaderas de una manera que mi vida diaria no.

Hoy, algo me decía que iba a necesitar mi cuaderno. Que iba a pasar algo importante. Que las líneas que había estado trazando iban a conectarse de maneras que no podía predecir.

2. Llegada de los Ramírez

Los vi llegar desde la ventana de mi cuarto. Mi estómago dio un vuelco de nervios que no entendía completamente. No era la primera vez que veía a los Ramírez -habían sido nuestros vecinos por años- pero era la primera vez que los veíamos. Realmente los veíamos.

Alejandro caminaba adelante, cargando una olla grande que soltaba vapor en el aire húmedo de Louisiana. Se había puesto una guayabera blanca que lo hacía verse más alto, más digno de alguna manera. Rosa venía detrás con algo cubierto con papel aluminio que brillaba bajo el sol del mediodía. Su mejor vestido, noté, azul marino con flores pequeñas.

Mateo tenía una camisa de botones que se veía nueva, o al menos recién planchada. Caminaba con esa gracia cuidadosa que tienen los adolescentes cuando no están seguros de su lugar en el mundo. Nuestros ojos se encontraron por un segundo a través de la ventana y sentí esa conexión extraña que habíamos desarrollado: dos personas jóvenes tratando de construir puentes entre mundos que no siempre querían conectarse.

Camila prácticamente brincaba junto a ellos, su vestido dominical rosa volando con cada salto, cargando una carpeta que probablemente contenía sus últimos dibujos. La había visto en la escuela, siempre creando mundos coloridos donde todas las familias vivían en casas con jardines enormes.

Y Simón, vestido con pantalones buenos y una camisa de rayas, pero con sus tenis deportivos favoritos -los que tenían luces en las suelas. Un compromiso perfecto entre formal e informal que me hizo sonreír. Los niños siempre encontraban la manera de ser ellos mismos incluso cuando los adultos trataban de moldearlos.

Bajé las escaleras justo cuando papá abría la puerta.

"¡Bienvenidos!" Su voz sonaba diferente. No forzada exactamente, pero cuidadosa. Como si cada palabra fuera examinada antes de ser pronunciada.

"Gracias por invitarnos," respondió Alejandro, extendiendo la olla hacia papá. "Rosa hizo sancocho. Esperamos que les guste."

"Huele increíble," dijo papá, y era verdad. Desde la puerta podía oler algo rico y complejo, lleno de especias que nunca habían tocado nuestra cocina. Cilantro, tal vez. Algo profundo y cálido que hablaba de tradiciones que no conocíamos.

El contraste con nuestra casa -que olía a aceite de limón y ambientador de vainilla- era marcado.

Rosa se acercó a mamá con su plato cubierto. "Es flan de coco. Una receta de mi mamá."

"Se ve hermoso," dijo mamá, tomando el plato con el mismo cuidado que usaría para porcelana fina. "Yo hice pollo asado. Espero que esté bien."

"Seguro está delicioso."

Era una conversación perfectamente educada, pero yo podía sentir las corrientes subterráneas. Mamá nerviosa de que su comida americana simple no fuera lo suficientemente buena. Rosa siendo extra cortés para no parecer que estaba imponiendo su cultura. Todos navegando aguas desconocidas con cuidado exquisito.

Camila rompió la tensión como solo los niños pueden hacerlo. Corrió hacia Travis sin ninguna de las dudas de los adultos.

"¡Travis! ¡Dibujé nuestra casa y tu casa! ¡Quiero enseñarte!"

Travis la siguió hacia la sala inmediatamente, su cara iluminándose. "¡Cool! ¿Dibujaste mi cuarto?"

"¡Sí! Y puse tu póster de dinosaurios y todo."

Simón los siguió, y de repente el ambiente se relajó. Los niños tenían una manera de hacer que las cosas complicadas se volvieran simples. Para ellos, esto era solo una tarde con amigos. No había subcorrientes políticas o culturales que navegar.

Mateo se quedó cerca de los adultos por un momento, claramente inseguro de su papel. Ni niño ni adulto, atrapado en ese limbo de la adolescencia que yo conocía tan bien. Nuestros ojos se encontraron y le hice un pequeño gesto con la cabeza hacia las escaleras. Él entendió y se acercó.

"Hola," me dijo en voz baja cuando estuvimos lo suficientemente lejos de los adultos.

"Hola. ¿Nervioso?"

"Un poco. ¿Tú?"

"Un poco."

Era un intercambio simple, pero contenía multitudes. Ambos sabíamos lo que significaba esta cena. No era solo vecinos compartiendo comida. Era mundos tratando de tocarse sin chocar el uno con el otro.

Nos quedamos ahí, en el limbo entre la sala donde los niños jugaban y el comedor donde los adultos hacían malabarismos con la cortesía, observando cómo nuestras familias navegaban este territorio nuevo.

Vi a Rosa mirar alrededor de nuestra sala con ojos que no juzgaban, pero que definitivamente notaban todo. Los muebles de cuero que costaban más que su auto. Las fotos familiares en marcos de plata. La alfombra persa que mamá había heredado de su abuela. Todo gritaba un tipo de permanencia, de pertenencia establecida que los Ramírez todavía estaban luchando por conseguir.

Papá le ofreció algo de beber a Alejandro. "¿Cerveza? ¿Agua? ¿Jugo?"

"Agua está bien, gracias."

Papá fue por agua para ambos, aunque yo sabía que normalmente habría insistido en cerveza. Pequeños ajustes, pequeñas consideraciones. Todos tratando de hacer espacio para el otro.

Mamá abrazó a Rosa brevemente cuando entraron a la cocina. No fue el roce de mejillas aire-aire que usaba con sus amigas de la iglesia, sino un abrazo real, aunque breve.

"Gracias otra vez," murmuró mamá. "Por lo de Savannah."

"No hay que agradecer," respondió Rosa. "Para eso estamos."

Para eso estamos. Las palabras resonaron en el espacio. Una declaración simple pero profunda de conexión humana.

3. Conversaciones cruzadas

La mesa del comedor se veía diferente con tanta gente. Normalmente éramos solo cuatro, cada uno en nuestro lugar asignado, nuestras conversaciones siguiendo patrones predecibles como una obra de teatro bien ensayada. Papá hablaba del trabajo, mamá preguntaba sobre la escuela, Travis contaba algo gracioso, yo asentía en los momentos apropiados.

Hoy era diferente. Las conversaciones se cruzaban y se superponían como corrientes en un río, creando remolinos de conexión inesperada.

"Este sancocho está increíble," dijo papá, y parecía genuinamente sorprendido. Como si no hubiera esperado que la comida colombiana pudiera ser tan buena. "¿Qué lleva?"

"Pollo, costilla de res, yuca, plátano verde, mazorca," enumeró Rosa con el orgullo callado de alguien compartiendo un tesoro familiar. "Y el secreto es el cilantro cimarrón. Es diferente al cilantro normal."

"¿Cilantro cimarrón?" Mamá se inclinó hacia adelante, interesada de verdad.

"Es más fuerte, con hojas largas con espinas. Mi mamá decía que era el alma del sancocho. Sin él, es solo sopa."

Mamá escuchaba con atención que nunca mostraba cuando sus amigas hablaban de recetas. Tal vez porque esto era diferente. No era intercambiar tips de Pinterest. Era compartir historia, cultura, memoria.

"¿Podrías... podrías escribirme la receta?" preguntó mamá tímidamente.

Vi la sorpresa cruzar el rostro de Rosa antes de que sonriera. "Por supuesto."

Rosa tomó una servilleta y empezó a escribir ingredientes con letra pequeña y cuidadosa. Mientras escribía, murmuraba en español: "El plátano tiene que estar verde verde, si no se deshace..."

En el otro extremo de la mesa, Travis le estaba explicando a Simón sobre su videojuego favorito.

"Y entonces el T-Rex puede evolucionar si consigues suficientes puntos de ADN. Es súper científico."

"¿En serio?" Simón se veía fascinado. "¿Cómo funciona la evolución en el juego?"

"Bueno, no es evolución real real. Pero puedes hacer que tenga plumas o que sea más rápido o que tenga brazos más largos."

"¡Eso es cool! ¿Puedo verlo después?"

"¡Claro! Te enseño a jugar."

Los niños continuaron planeando su sesión de videojuegos, ajenos a la rareza histórica de este momento. Para ellos, era natural que amigos cenaran juntos.

Papá se dirigió a Mateo con esa voz que usaba cuando trataba de ser "relatable" con los jóvenes.

"Tu mamá dice que quieres ser ingeniero."

Mateo asintió, enderezándose un poco en su silla. "Me gustan los puentes. Como el que mi papá ayudó a construir en Barranqueras."

"Ah, sí. Alejandro me ha contado sobre ese proyecto." Papá miró a Alejandro con algo que parecía respeto genuino. "Suena impresion- ante."

Era la primera vez que escuchaba a papá reconocer abiertamente el trabajo profesional de Alejandro. No como "mi empleado que era ingeniero allá" sino como colega, como igual.

"El Puente Pumarejo," dijo el papá de Mateo con orgullo evidente. "520 metros de luz central. Fue el proyecto más importante de mi carrera."

"¿Qué tipo de puentes te interesan más?" continuó papá, dirigién- dose a Mateo.

"Los colgantes. Me gusta cómo pueden cruzar distancias grandes sin muchos pilares en el medio. Es elegante."

"Como el Golden Gate."

"Sí, pero también como..." Mateo vaciló, luego me miró. "Como conexiones que no se ven pero que están ahí."

Sentí que mi corazón daba un salto. Él también pensaba en puentes invisibles.

Papá pareció notar la mirada entre nosotros pero no comentó. En cambio, dijo: "La ingeniería es un buen campo. Siempre se necesitan personas que sepan construir cosas que duren."

"Cosas que conecten," añadí sin poder evitarlo.

Todos me miraron. Sentí el calor subir a mis mejillas pero continué. "Los puentes no solo son estructuras. Son... posibilidades. Maneras de llegar a lugares que antes no podías alcanzar."

Mateo sonrió, esa sonrisa pequeña que significaba que alguien lo entendía.

Mientras los adultos seguían conversando, saqué discretamente mi cuaderno y empecé a dibujar. Era un hábito que mamá normalmente desaprobaría en la mesa, pero hoy parecía estar demasiado ocupada aprendiendo sobre especias colombianas para notarlo.

Dibujé líneas rápidas: manos pasando platos, bocas riendo, ojos encontrándose sobre la mesa. Traté de capturar el momento antes de que se desvaneciera, antes de que volviéramos a ser vecinos corteses que apenas se saludaban.

Camila lo notó primero.

"¿Qué estás dibujando?"

"Solo... cosas."

"¿Puedo ver?"

Le mostré la página. Era un sketch de la mesa desde arriba, con todas nuestras manos alrededor, algunas pasando comida, otras gesticulando mientras hablaban. Había algo hermoso en el caos de líneas entrecruzadas.

"¡Se parece a nosotros!" exclamó Camila con deleite. "¡Ahí está la mano de mi mamá con el cucharón! ¿Puedes dibujar mi vestido también?"

"Claro."

Agregué detalles a su vestido, exagerando los volantes para hacerla reír. Funcionó. Su risa tintineante llenó el comedor, contagiosa.

"Savannah es muy talentosa," le dijo Rosa a mamá. "Tiene ojo de artista."

Mamá me miró con algo que parecía sorpresa. Como si me estuviera viendo por primera vez. "Sí... sí, supongo que sí."

"Mateo también dibuja," dijo Rosa. "Puentes, siempre puentes."

"Estructuras," corrigió Mateo, pero sonriendo.

"Deberían compartir sus dibujos," sugirió Alejandro. "Los artistas necesitan otros artistas."

Mateo y yo intercambiamos otra mirada. Ya habíamos compartido más de lo que nuestros padres sabían. Habíamos construido nuestro propio puente, delicado pero real, entre nuestros mundos adolescentes complicados.

4. Retrato de la noche

Después de comer -el sancocho había estado espectacular, con capas de sabor que nuestra comida americana rara vez alcanzaba- y de probar el flan de Rosa (que efectivamente era como comer una nube dulce con susurros de coco), me encontré con valor que no sabía que tenía.

"Quiero mostrarles algo," dije, poniéndome de pie.

Todos se voltearon hacia mí. Normalmente odiaba ser el centro de atención, pero esto se sentía importante. Como si todo hubiera estado conduciéndonos a este momento.

Fui a buscar mi cuaderno y lo abrí en una página en la que había estado trabajando durante semanas. Era el dibujo más ambicioso que había intentado, y el más verdadero.

Era un dibujo de dos casas vistas desde abajo de la tierra, como si el observador estuviera en el centro del mundo mirando hacia arriba. En lugar de cimientos normales de concreto y acero, las casas tenían raíces.

Raíces enormes y retorcidas que se extendían hacia abajo y hacia los lados, mezclándose y entrelazándose bajo la calle que las separaba.

Arriba, a nivel del suelo, las casas se veían separadas. Una más grande, una más pequeña. Una con cerca blanca, otra con cerca de cadenas. Pero bajo tierra, eran imposibles de separar. Las raíces se habían fusionado tanto que no podías decir dónde terminaba una y empezaba la otra.

En la superficie, había dibujado figuras pequeñas: niños corriendo entre las dos casas como si la calle no existiera. En una ventana, dos mujeres compartían algo a través del espacio -tal vez recetas, tal vez historias. En un garaje, dos hombres trabajaban juntos en algo, sus herramientas mezcladas.

Y en el fondo, difuso pero presente, había un puente. No cruzaba agua o cañones. Simplemente existía en el aire, etéreo, conectando los cielos sobre ambas casas.

El silencio mientras todos miraban era denso, cargado.

"Wow," murmuró Travis finalmente. "Es como si las casas fueran amigas bajo la tierra."

"No solo amigas," dije, encontrando mi voz. "Familia. De la manera en que las plantas en el mismo suelo se vuelven parte del mismo ecosistema."

"Es hermoso," dijo Rosa, tocando el papel suavemente con un dedo, como si pudiera sentir las raíces. "¿Cuánto tiempo te llevó?"

"No sé. Lo he estado dibujando por pedazos. Cada vez que... cada vez que algo me hacía pensar en conexiones."

Mateo señaló el puente en el fondo. "Ese puente... ¿es el nuestro? ¿El que hemos estado construyendo?"

Lo miré, sorprendida de que lo reconociera, de que supiera que habíamos estado construyendo algo juntos sin haberlo nombrado.

"Sí," respondí. "Creo que sí."

Mamá se inclinó para ver mejor el dibujo. Su expresión era difícil de leer. "No entiendo todo lo que veo aquí," admitió lentamente. "Pero es... poderoso."

"Me hace pensar en familia," dijo Alejandro, su voz profunda llena de emoción contenida. "Pero no solo familia de sangre."

"Familia escogida," añadió Rosa en voz baja.

"Familia que crece junta aunque nadie la haya plantado," dije.

Papá estudió el dibujo por un largo momento. Cuando habló, su voz era diferente. Más suave. Menos segura. "¿Puedo preguntarte algo, Savannah? ¿Cómo supiste dibujar esto? ¿Cómo sabías que esto era lo que estaba pasando entre nosotros?"

Era una pregunta grande. Una que me había estado haciendo mientras dibujaba. ¿Cómo sabía que bajo la superficie de cortesía y distancia, algo más profundo estaba creciendo?

"Porque los he estado observando," dije finalmente. "A todos ustedes. Y a mí misma. Y me di cuenta de que... de que hay maneras de pertenecer que no aparecen en los papeles. O en las iglesias. O en las reglas que nos enseñan."

Mamá me abrazó entonces, fuerte, y sentí sus lágrimas en mi pelo. "Mi artista," murmuró.

"Nuestra artista," corrigió Rosa suavemente.

Y en ese momento, con todos alrededor de la mesa mirando mi dibujo, sentí algo hacer clic en su lugar. No era solo mi arte. Era nuestro retrato colectivo. Era la verdad que habíamos estado rodeando cautelosamente: que ya éramos familia. Había estado creciendo bajo la superficie todo el tiempo, esperando a que alguien la dibujara para hacerla real.

Por primera vez en mucho tiempo, me sentí vista completamente. No como la hija perfecta que se suponía que debía ser. No como la adolescente problemática que había estado interpretando. Solo como Savannah, la que dibujaba puentes y raíces, la que veía conexiones donde otros veían divisiones.

5. Cierre íntimo

Mientras las madres empacaban sobras en contenedores -un intercambio complejo de "no, quédense con más sancocho" y "pero tienen que llevarse pastel"- noté cómo los patrones habían cambiado. Mamá ya no estaba actuando como la anfitriona perfecta del sur. Estaba siendo una vecina, una amiga, insistiendo en que Rosa se llevara tuppers llenos porque "cocinaste todo el día y no deberías tener que cocinar mañana también."

Papá y Alejandro recogieron platos juntos, moviéndose por la cocina con una coordinación sorprendente. Los escuché hablando en voz baja sobre trabajo, pero no como jefe y empleado. Como dos hombres que entendían lo que significaba levantarse temprano y volver tarde, cansados pero orgullosos.

"El próximo fin de semana hay que terminar el proyecto de Metairie," decía papá mientras enjuagaba platos. "¿Crees que necesitaremos refuerzos?"

"Tal vez dos hombres más para el concreto," respondió Alejandro, secando con movimientos eficientes. "Conozco algunos que hacen buen trabajo. Legales," añadió con una sonrisa triste.

"No me importa eso," dijo papá rápidamente. Luego, más despacio: "Ya no me importa. Solo que sean buenos trabajadores. Como tú."

Fue un momento pequeño, pero vi cómo Alejandro se enderezaba un poco, cómo sus hombros se relajaban. El reconocimiento importaba, incluso cuando venía tarde.

Mateo y yo terminamos en el porche mientras los adultos resolvían los eternos rituales de despedida sureños. La tarde se había convertido en noche sin que nos diéramos cuenta, y las primeras luciérnagas empezaban su danza parpadeante.

Travis y Simón estaban en el jardín, cazando luciérnagas con frascos que mamá les había dado, sus risas flotando en el aire húmedo. Camila los dirigía, diciéndoles dónde volar para atrapar más.

"¿Cómo te sientes?" me preguntó Mateo, sentándose en el escalón superior.

Me senté junto a él, considerando la pregunta. "Diferente. Como si algo hubiera cambiado, pero no sé exactamente qué."

"Sí. es raro. Como cuando terminas un examen difícil y no sabes si lo hiciste bien, pero sabes que ya no puedes cambiarlo."

"¿Crees que esto cambia algo? ¿Realmente?"

Mateo recogió una hoja del porche y empezó a doblarla en formas complicadas. "Mi papá se ve más ligero. Como si hubiera estado cargando piedras y alguien le quitara algunas."

"Mi mamá también. La vi reír de verdad hoy. No su risa de iglesia. Risa real."

"Es bueno verlos así."

"Sí."

Nos quedamos en silencio, viendo a los niños correr. Travis había atrapado una luciérnaga y se la estaba mostrando a Simón, sus cabezas juntas sobre el frasco brillante.

"Mateo," dije después de un momento" ¿tú crees que somos familia ahora?"

Él terminó su origami -era una grulla, me di cuenta- y me la dio. "No sé si 'ahora'. Creo que tal vez siempre lo fuimos. Solo que no teníamos las palabras."

"O el dibujo," añadí, sosteniendo la grulla de papel.

"O el dibujo," concordó con una sonrisa.

Los Ramírez se fueron como a las ocho, cuando las luciérnagas estaban en su apogeo y el aire finalmente empezaba a enfriarse. Los abrazos de despedida fueron reales -largos, apretados, llenos de promesas tácitas. Travis le dio a Simón uno de sus dinosaurios favoritos "para que lo cuides hasta mañana." Camila me dio un dibujo que había hecho durante la cena: todas nuestras familias tomadas de la mano en una cadena que se extendía más allá de los bordes del papel.

"Para tu colección," dijo tímidamente.

"Es perfecto," le dije, y lo era.

Cuando se fueron, nuestra casa se sintió diferente. Más grande pero también más vacía. Como si los Ramírez se hubieran llevado parte de la energía con ellos.

"Esa fue una tarde especial," dijo papá mientras recogíamos los últimos vasos. No sonaba sorprendido exactamente, pero sí como si hubiera confirmado algo que sospechaba.

"Sí," concordó mamá. "Se sintió... correcta."

Subí a mi cuarto con mi cuaderno y el dibujo de Camila. Me senté en mi cama, procesando todo lo que había pasado. En una tarde, habíamos cruzado años de distancia. No completamente -todavía había mucho que no entendíamos unos de otros- pero era un comienzo.

En mi cuaderno, en una página nueva, escribí:

"Hoy aprendí que las raíces no siempre crecen hacia abajo. A veces crecen hacia los lados, buscando otras raíces. Y cuando las encuentran, se entrelazan tan fuerte que se vuelven imposibles de separar. Hoy nuestra familia creció. No en número, sino en profundidad. En complejidad. En verdad."

Miré mi dibujo de las casas con raíces entrelazadas. Había algo que quería añadir. Tomé mi lápiz y, con cuidado, dibujé figuras nuevas en las ventanas. Una adolescente y un adolescente, en casas separadas pero mirándose, cada uno sosteniendo su propio puente pequeño, esperando el momento de conectarlos.

Porque eso era lo que Mateo y yo estábamos haciendo. Construyendo puentes no solo entre nuestras familias, sino entre nuestros propios mundos complicados. Puentes para cruzar cuando ser quien eras se volvía demasiado pesado. Puentes hacia lugares donde podías simplemente ser.

Me quedé despierta hasta tarde, escuchando los sonidos nocturnos de Kenner: grillos, el aire acondicionado del vecino, un perro ladrando a lo lejos. Sonidos que siempre habían estado ahí pero que ahora parecían parte de una sinfonía más grande.

Pensé en la cena. En cómo mamá había escrito cuidadosamente la receta del sancocho. En cómo papá había hablado con Alejandro de igual a igual. En cómo los niños habían jugado sin notar las líneas invisibles que los adultos veían por todas partes.

Pensé en mi dibujo y en cómo todos lo habían entendido de inmediato. A veces el arte podía decir lo que las palabras no podían. A veces hacía falta alguien que dibujara la verdad para que otros pudieran verla.

No sabía qué pasaría mañana. Si volveríamos a nuestras vidas separadas, corteses pero distantes. Si papá volvería a hablar de "ilegales" cuando escuchara las noticias. Si mamá volvería a preocuparse más por las apariencias que por las conexiones reales.

Pero por hoy, habíamos sido familia. Por hoy, las raíces se habían tocado y entrelazado. Por hoy, habíamos construido algo real.

Y en mi cuaderno, en mis dibujos, siempre existiría la prueba de que era posible. De que bajo la superficie correcta y ordenada de nuestras vidas, algo salvaje y hermoso podía crecer.

Algo que no necesitaba papeles ni permisos.

Solo necesitaba que alguien lo viera y lo nombrara.

Solo necesitaba que lo dibujáramos para hacerlo real.

Capítulo 9:
No basta con portarse bien creciendo desde las grietas (Un lunes como cualquier otro. (Perspectiva de Alejandro Ramírez)

El lunes por la mañana, mientras manejaba hacia la obra con Wayne, Alejandro se sentía diferente. Era una sensación extraña, casi olvidada: la de pertenecer a algo más grande que la supervivencia diaria. El domingo había sido... ¿cómo describirlo? Como volver a respirar después de contener el aliento por años.

La cena en casa de los Davis había removido algo en él. Ver a Rosa reír genuinamente con Darlene. Escuchar a Wayne hablar de su trabajo de ingeniero con respeto real. Observar a los niños moverse entre las dos casas como si la frontera invisible nunca hubiera existido. Por unas horas, había sentido lo que era ser visto como persona completa, no solo como mano de obra indocumentada.

"¿Cómo está Savannah?" preguntó mientras Wayne navegaba por las calles familiares de Kenner. El aire acondicionado del camión luchaba contra la humedad matutina.

"Mejor. Mucho mejor." Wayne tamborileaba los dedos en el volante al ritmo de la música country. "Rosa realmente supo qué hacer ese día. Le salvó la vida, creo."

"Ella es buena en crisis. Siempre ha sido así." Alejandro tomó un sorbo del café del termo que Wayne siempre traía extra. "En Colombia, cuando mi papá se enfermó..."

Se detuvo. Era la primera vez que compartía algo tan personal con Wayne.

"¿Qué pasó?" Wayne bajó el volumen de la radio.

"Cáncer. Rosa cuidó de él los últimos meses. Aprendió a poner IVs, a manejar medicamentos. Las enfermeras del hospital le enseñaron porque no podíamos pagar cuidado privado."

"Debe haber sido duro."

"Lo fue. Pero Rosa... ella encuentra fuerza cuando otros la necesitan."

Wayne asintió. Era la primera vez que realmente hablaban, no solo intercambiaban cortesías laborales. "Me imagino. Debe ser difícil... manejar todo con... ya sabes. Sin familia cerca."

Sin papeles. Sin red de seguridad. Sin derechos. Alejandro completó mentalmente lo que Wayne no se atrevía a decir.

"Sí, pero nos las arreglamos."

"Bueno, ya no están solos." Wayne lo dijo con firmeza, mirándolo a los ojos en un semáforo rojo. "Ayer lo dejamos claro, ¿no? Somos... familia."

La palabra flotó entre ellos, pesada con promesas no dichas. Alejandro sintió algo aflojarse en su pecho, una tensión que había cargado tanto tiempo que había olvidado que estaba ahí.

"Familia," repitió, saboreando la palabra.

Esa sensación de pertenencia duró exactamente hasta que llegaron a la obra.

El sitio de construcción se veía normal al principio. Materiales apilados, trabajadores llegando, el esqueleto del edificio de oficinas alzándose contra el cielo gris de Louisiana. Pero algo en el aire se sentía diferente. Tenso. Como antes de una tormenta.

Miguel no estaba, y Miguel nunca faltaba. Carlos trabajaba en silencio, sin su usual silbido de corridos. Los trabajadores más nuevos se movían con nerviosismo, mirando hacia la calle más de lo normal.

"Buenos días, muchachos," saludó Alejandro, tratando de proyectar normalidad.

Los saludos fueron apagados, cautelosos. Algo había pasado.

Carlos se acercó mientras Alejandro se ponía el casco. "¿No te enteraste?"

"¿De qué?"

"Fin de semana. Redadas en Metairie. Se llevaron a la familia de Miguel. A todos. Los vecinos llamaron."

Alejandro sintió el café volverse ácido en su estómago. "¿Cuándo?"

"Sábado en la noche. Estaban cenando. Los sacaron a todos. Los niños también."

Los niños también. Alejandro pensó en Simón y Camila, en la cena del domingo, en lo fácilmente que podría haber sido su familia.

Wayne se acercó, habiendo escuchado la conversación. Su rostro mostraba una mezcla de incomodidad y algo más. ¿Culpa? ¿Miedo?

"¿Miguel no va a venir?"

"Su familia fue deportada," dijo Carlos sin rodeos. "Él está escondido. Tratando de decidir si seguirlos o quedarse."

Wayne se quedó callado. Alejandro podía ver el conflicto en su rostro. El Wayne del domingo, el que había hablado de familia, luchando con el Wayne que tenía un negocio que manejar.

"Lo siento," dijo finalmente Wayne. "Miguel es buen trabajador."

Es. Tiempo presente. Como si todavía existiera para ellos. Pero Alejandro sabía que, para efectos prácticos, Miguel ya había desaparecido. Otro fantasma más en la maquinaria americana.

2. Un nombre en la lista

A las diez de la mañana, llegó el hombre del traje. Alejandro lo reconoció inmediatamente: Rick Morrison, el supervisor de cumplimiento que había venido antes. La misma sonrisa de tiburón, el mismo portapapeles, la misma presencia que convertía el aire en melaza.

"Señor Davis," Morrison estrechó la mano de Wayne. "Necesito hablar con usted. ¿Tiene un momento?"

Wayne miró a Alejandro brevemente antes de asentir. "Claro. Vamos a la oficina."

Alejandro los vio alejarse, su estómago contrayéndose. Morrison no venía para cosas buenas. Nunca lo hacía.

Continuó trabajando, pero sus manos temblaban ligeramente mientras soldaba. Cada vez que levantaba la vista, veía a otros trabajadores igualmente nerviosos. Todos sabían lo que significaba una segunda visita del hombre del cumplimiento.

Veinte minutos después, Wayne regresó solo. Su rostro estaba pálido, la mandíbula tensa.

"Alejandro," lo llamó. "Ven acá."

Alejandro bajó del andamio, cada paso sintiéndose como caminar hacia su ejecución. Los otros trabajadores evitaron mirarlo, pero podía sentir su atención como electricidad en el aire.

En la oficina, Wayne cerró la puerta y se recostó contra ella, como si necesitara la madera sólida para sostenerse.

"E-Verify," dijo sin preámbulos. "Verificación mandatoria. Tu número... no pasó."

Las palabras cayeron entre ellos como piedras en agua quieta. Alejandro había sabido que este día llegaría, pero el conocimiento no lo hacía más fácil.

"¿Cuándo?" Su voz sonó más calmada de lo que se sentía.

"Hoy. Morrison dice que tiene que ser hoy. Si no..." Wayne tragó. "Si no, pierdo los contratos. Todos. La compañía se hunde."

Alejandro asintió. Por supuesto. No podía esperar que Wayne arriesgara todo. No después de una cena. No por un "ilegal", sin importar cuántas raíces compartieran.

"Entiendo."

"No, no entiendes." Wayne se pasó las manos por el cabello. "Esto no está bien. Tú has estado conmigo cuatro años. Eres el mejor trabajador que tengo. Eres..."

"Soy indocumentado," Alejandro completó suavemente. "Siempre lo supiste."

"¡Me importa un carajo!" La voz de Wayne se quebró. "Eres mi amigo. Nuestros hijos juegan juntos. Nuestras esposas intercambian recetas. Esto no... esto no debería importar."

"Pero importa."

Se quedaron en silencio. Afuera, podían escuchar el ruido normal de la construcción. Martillos, sierras, hombres trabajando. El mundo siguiendo su curso mientras el de Alejandro se detenía.

"¿Qué vas a hacer?" preguntó Wayne finalmente.

"No sé. Buscar otro trabajo, supongo. Alguien que no use E-Verify."

"Cada vez hay menos."

"Lo sé."

Wayne sacó su billetera y empezó a contar billetes. "Aquí hay ochocientos. Es lo que tengo encima."

"Wayne, no..."

"Cállate y tómalo. Es lo menos que puedo hacer." Presionó el dinero en las manos de Alejandro. "Y si necesitas... si necesitas una referencia o algo, cualquier cosa..."

"Gracias."

Se quedaron ahí, dos hombres que habían cruzado un puente el domingo solo para encontrar que el lunes el mundo seguía siendo el mismo.

"Voy a buscar la manera de traerte de vuelta," dijo Wayne. "Tiene que haber alguna forma. Un permiso de trabajo o algo."

Alejandro no respondió. Ambos sabían que no había formas legales. No para alguien que había entrado sin inspección hace dieciséis años. No para alguien que había construido una vida en las sombras.

3. La camioneta blanca

Cuando Alejandro salió de la oficina, la vio inmediatamente. La misma camioneta blanca de la vez anterior, estacionada al otro lado de la calle. El motor encendido, esperando.

"Mierda," murmuró Wayne, siguiendo su mirada. "¿Cómo sabían?"

Morrison. Tenía que ser Morrison. Cumpliendo con la ley, asegurándose de que los "ilegales" no solo perdieran sus trabajos sino también su libertad.

"Vete por atrás," dijo Wayne urgentemente. "Por el lote baldío. Mi camión está en el callejón. Las llaves están puestas."

"Wayne..."

"¡Vete! No dejes que te agarren aquí. No les des esa satisfacción."

Alejandro miró hacia los otros trabajadores. Carlos le hizo una señal discreta: el camino estaba despejado por atrás.

"Cuida a mi familia," le dijo a Wayne. "Si no vuelvo..."

"Vas a volver. Y yo voy a cuidarlos hasta entonces. Ahora vete."

Alejandro caminó casualmente hacia la parte trasera de la obra, resistiendo el impulso de correr. Cada paso medido, cada movimiento calculado para no llamar la atención. Podía sentir ojos sobre él -de la camioneta, de los trabajadores, del universo mismo.

El lote baldío estaba lleno de maleza y basura. Lo cruzó rápidamente, sus botas de trabajo hundiéndose en el barro. Podía ver el camión de Wayne al final del callejón, como un salvavidas en un mar hostil.

Casi había llegado cuando escuchó puertas de auto cerrándose detrás de él. Voces. Pasos rápidos.

No miró atrás. Se subió al camión, arrancó, y salió del callejón justo cuando dos agentes doblaban la esquina.

En el espejo retrovisor, los vio detenerse, hablar por radio. Habían estado cerca. Demasiado cerca.

4. Conversación con Rosa

Manejó sin rumbo por una hora, temiendo ir directamente a casa. Temiendo llevar peligro a su familia. Finalmente se detuvo en el estacionamiento de una iglesia abandonada y llamó a Rosa.

"¿Alejandro? ¿Por qué no estás trabajando?"

"Me despidieron. E-Verify."

Silencio. Luego: "¿Dónde estás?"

"En el camión de Wayne. Había una camioneta de ICE en la obra."

"Dios mío. ¿Estás bien?"

"Sí. Pero no puedo ir a casa todavía. Podrían estar vigilando."

Escuchó a Rosa respirar, ese sonido controlado que hacía cuando estaba procesando malas noticias.

"¿Qué vamos a hacer?"

"No sé. Ya no puedo trabajar en construcción. E-Verify se está volviendo obligatorio en todas partes."

"¿Y los ahorros?"

"Tres mil. Tal vez cuatro con lo que Wayne me dio. Suficiente para dos meses si tenemos cuidado."

"Voy a pedir más horas en el hotel."

"Rosa..."

"No. No discutas. Hacemos lo que tenemos que hacer."

Alejandro cerró los ojos, apoyando la cabeza contra el volante. Dieciséis años. Dieciséis años trabajando, pagando impuestos, siendo un buen vecino, un buen padre, un buen hombre. Y en un día, todo se derrumbaba.

"No es justo," dijo, las palabras saliendo como un susurro roto.

"No," concordó Rosa. "No es justo. Pero ¿cuándo ha sido justo para nosotros?"

Tenía razón. La justicia era un lujo que no podían permitirse. Solo la supervivencia.

"Voy a buscar trabajo en los muelles," dijo. "O en restaurantes. Algo."

"Encontraremos la manera. Siempre lo hacemos."

"¿Y si no podemos esta vez? ¿Y si es hora de..."

"No," Rosa lo interrumpió firmemente. "No vamos a rendirnos. No después de todo lo que hemos construido."

"Pero Rosa, sin trabajo legal..."

"Encontrarás otra cosa. Eres ingeniero, Alejandro. Eres inteligente. Eres capaz. No dejes que un papel defina quién eres."

Alejandro sonrió tristemente. Rosa siempre encontraba fuerza cuando él la perdía.

"¿Cómo les explicamos a los niños?"

"La verdad. Que papá está buscando un trabajo nuevo. Que las cosas van a estar difíciles un tiempo pero que vamos a estar bien."

"¿Y si preguntan por qué?"

"Entonces les explicamos. Ya tienen edad para entender. Mateo especialmente."

Mateo. Su hijo brillante que soñaba con puentes. ¿Cómo le explicas a un adolescente americano que su padre, el ingeniero, no puede trabajar porque hace dieciséis años cruzó una frontera sin permiso?

5. Preparativos invisibles

Alejandro esperó hasta el anochecer para volver a casa. Entró por la puerta trasera, verificando que no hubiera autos extraños en la calle.

Rosa lo abrazó fuerte en cuanto lo vio. No dijeron nada por un largo momento, solo se sostuvieron mutuamente.

Los niños estaban en la sala. Mateo levantó la vista de su tarea, y Alejandro vio comprensión inmediata en sus ojos. Simón corrió a abrazarlo.

"¡Papá! ¿Por qué llegaste en el camión del señor Wayne?"

"Me lo prestó. Mi carro está en el taller."

Otra mentira pequeña. Otra protección temporal.

Durante la cena -frijoles con arroz, económico y nutritivo- Alejandro estudió a su familia. Rosa eficientemente sirviendo, manteniendo normalidad. Mateo callado pero alerta, procesando los cambios sutiles. Simón parloteando sobre la escuela. Camila mostrando un dibujo de mariposas.

Su familia americana. La familia por la que había cruzado desiertos y ríos. La familia por la que había tragado su orgullo y trabajado con las manos en lugar de con la mente. La familia que ahora podría perder.

Después de que los niños se durmieron, Alejandro y Rosa se sentaron en la mesa de la cocina con papeles esparcidos entre ellos.

"Necesitamos un plan," dijo Rosa, siempre práctica.

Hicieron listas. Gastos que podían cortar. Trabajos que no requerían verificación legal. Contactos que podrían ayudar. Documentos importantes por si necesitaban moverse rápido.

"Si viene ICE..." comenzó Alejandro.

"No hables así."

"Rosa, tenemos que estar preparados."

Ella cerró los ojos, luego asintió. Sacaron la carpeta que habían preparado años atrás pero nunca usado. Actualizaron números de teléfono, direcciones, información de emergencia.

"Si me llevan," dijo Alejandro, forzando las palabras, "llama a Wayne primero. Él dijo que ayudaría."

"Wayne no puede hacer nada contra ICE."

"Pero puede ayudarte a ti y a los niños. Tiene contactos. Recursos."

Rosa tomó su mano. "No va a pasar. Vamos a ser cuidadosos. Vamos a sobrevivir esto como hemos sobrevivido todo lo demás."

Alejandro quería creerle. Pero afuera, en algún lugar de la noche de Louisiana, había hombres con listas y órdenes. Hombres para quienes él era solo un número, una estadística, un "ilegal" más.

6. Reflexión nocturna

Más tarde, Alejandro salió al pequeño patio trasero. La noche estaba húmeda y caliente, típica de Louisiana. Los grillos cantaban su sinfonía nocturna, indiferentes a los dramas humanos.

Podía ver luz en la casa de los Davis. Wayne probablemente sin poder dormir, sintiéndose culpable. Darlene tal vez preguntándose cómo explicarle a Travis por qué el papá de Simón ya no iba a trabajar con papá.

Pensó en la cena del domingo. En cómo por unas horas había sentido que pertenecía. Que era más que un trabajador indocumentado. Que era padre, vecino, amigo.

Pero el lunes siempre llega. Y el lunes no le importan las cenas compartidas o las raíces entrelazadas. El lunes solo ve números de seguro social y estatus migratorio.

Su teléfono vibró. Un mensaje de Wayne: "Lo siento. Voy a encontrar la manera de arreglar esto."

Alejandro no respondió. No había nada que arreglar. Este era el sistema funcionando exactamente como fue diseñado. Para excluir. Para castigar. Para recordarle a gente como él que no importaba cuánto contribuyeras, cuánto te integraras, cuánto te "portaras bien."

No bastaba con portarse bien cuando tu existencia misma era ilegal.

Otro mensaje, este de un número desconocido: "Soy Carlos. Escuché de trabajo en el puerto. Sin preguntas. ¿Interesado?"

Alejandro respondió: "Sí."

Así de simple. Así de complicado. Otra vez a empezar. Otra vez a demostrar su valor. Otra vez a construir desde las sombras.

Volvió adentro y se detuvo en la puerta del cuarto de los niños. Dormían pacíficamente, ajenos a que su mundo había cambiado hoy. Mañana habría preguntas difíciles. Mañana habría que explicar por qué papá no se iba con el señor Wayne. Por qué las cosas iban a ser diferentes.

Pero por esta noche, los dejó soñar.

Se acostó junto a Rosa, que fingía dormir pero que él sabía estaba despierta, preocupada, planeando.

"Vamos a estar bien," susurró en la oscuridad.

Ella apretó su mano en respuesta.

No sabía si era verdad. Pero era lo que se decían los que viven en las sombras. Los que construyen vidas sabiendo que pueden ser demolidas en cualquier momento. Los que echan raíces en tierra prestada.

Afuera, un tren pasó en la distancia, su silbato cortando la noche. Alejandro lo escuchó alejarse, llevándose carga a lugares donde tal vez un hombre pudiera trabajar con dignidad, sin importar dónde hubiera nacido.

Por ahora, cerró los ojos y trató de no pensar en mañana.

Por ahora, estaba en casa. Con su familia. En su cama.

Por ahora, eso tenía que ser suficiente.

Aunque supiera que no bastaba con portarse bien.

Aunque supiera que nunca bastaría.

Capítulo 10:
Nadie avisó (Perspectiva
múltiples)

Camila (6 años)

La flor que estaba coloreando era muy bonita. Tenía pétalos amarillos como el sol y un centro café como los ojos de mami. Usé el crayón amarillo primero, haciendo círculos pequeñitos para que quedara perfecto, como me enseñó la señorita Jennifer. Quería que fuera especial porque era para papi, para cuando volviera del trabajo.

Travis estaba a mi lado, dibujando un dinosaurio que parecía muy enojado. Le puso dientes gigantes y ojos rojos y todo.

"¿Por qué tu dinosaurio está bravo?" le pregunté.

"Porque alguien se robó sus huevos," me dijo Travis, sin levantar la vista de su dibujo. "Y ahora tiene que buscarlos por todo el mundo."

"Eso es muy triste. ¿Los va a encontrar?"

"Sí, pero va a tardar mucho tiempo. Tal vez años."

Me dio escalofríos la manera en que lo dijo. Como si supiera algo que yo no sabía.

"Mi papá no tarda años en volver del trabajo," dije, más para mí que para él.

Travis dejó de colorear y me miró raro. "Camila..."

Pero entonces el teléfono de la señorita Jennifer sonó. Era diferente al sonido normal, más fuerte, como el teléfono rojo que solo suena para emergencias. Ella contestó y mientras escuchaba, su cara cambió. Se puso pálida como papel y se le cayó el marcador que tenía en la mano.

"Sí... sí, entiendo... ¿Todos?... Está bien, gracias."

Colgó y nos miró a todos nosotros. Tenía los ojos raros, como cuando los adultos saben algo malo, pero no quieren decirlo.

"Niños, vamos a.... vamos a seguir con nuestros dibujos, ¿sí? Y si escuchan ruidos afuera, no se preocupen. Solo... solo sigan dibujando."

Pero su voz temblaba un poquito, como cuando mami trata de no llorar.

Yo seguí coloreando mi flor, pero ahora los pétalos se veían diferentes. Como si supieran que algo malo iba a pasar. Mami siempre me dice que si pasa algo raro, me quede quieta y respire por la nariz. Uno, dos, tres. Respiré por la nariz. Una vez. Dos veces. Tres veces.

Por la ventana vi camionetas blancas con letras azules estacionándose enfrente de la escuela. Muchas camionetas. Hombres y mujeres con chalecos que decían ICE bajándose.

Se me cayó el crayón amarillo. Rodó por el piso hasta los pies de Travis.

"Camila," Travis susurró, "ven acá."

Me levanté con las piernas temblando y me senté junto a él. Me pasó su dinosaurio de peluche, el pequeño que siempre trae en la mochila.

"Tómalo. Si alguien pregunta, eres mi prima visitando, ¿okay?"

No entendí, pero asentí. El dinosaurio olía a Travis, a su casa, a seguridad.

Los adultos con chalecos entraron a nuestra clase. La señorita Jennifer trató de hablar, pero ellos la ignoraron. Empezaron a caminar entre las mesas, mirando a cada niño.

"¿Nombre?" le preguntaron a María.

"María González," dijo ella con voz chiquitita.

"¿Dónde naciste?"

"Aquí. En Kenner."

Siguieron con cada niño. Cuando llegaron a mí, Travis habló primero.

"Ella es mi prima Camila Davis. Está visitando de Texas."

El hombre me miró. Yo apreté el dinosaurio tan fuerte que pensé que se iba a romper.

"¿Es verdad eso?"

No podía hablar. Solo asentí.

Se fueron a la siguiente mesa. Pero supe que no les había creído.

Cuando sonó la campana de salida, corrí a la fila donde esperan los papás. Busqué a mami con los ojos, pero no estaba. Siempre estaba ahí, con su uniforme del hotel y su sonrisa cansada. Hoy no estaba.

La señorita Jennifer se acercó a mí. Tenía los ojos rojos.

"Camila, mi amor, tu mamá se va a tardar un poquito. Vamos a esperar en la oficina, ¿está bien?"

"¿Está enferma?"

"No, cariño. Solo... tiene algo que resolver."

Pero yo sabía que era mentira. Los adultos siempre dicen que tienen que "resolver algo" cuando pasan cosas malas. Como cuando se murió el perrito de la vecina y dijeron que "se fue a una granja."

En la oficina, me dieron galletas y jugo, pero no tenía hambre. Mi estómago se sentía como lleno de mariposas enojadas. Afuera se estaba haciendo de noche y mami seguía sin llegar.

"¿Y si no viene?" le pregunté a la secretaria.

"Va a venir, mi amor. No te preocupes."

Pero vi cómo intercambiaba miradas con la señorita Jennifer. Esas miradas que dicen más que las palabras.

Me senté en la silla dura y apreté el dinosaurio de Travis contra mi pecho. Empecé a rezar como mami me enseñó, pero en mi cabeza para que nadie escuchara:

"Diosito, por favor que mami esté bien. Y papi. Y Mateo y Simón. No dejes que los hombres malos se los lleven. Prometo portarme bien siempre. Prometo no pelear con Simón por el control de la tele. Prometo comerme toda la comida aunque no me guste. Solo tráelos a casa."

Pero mientras rezaba, una parte de mí ya sabía. Sabía por qué el dinosaurio de Travis estaba enojado. Sabía por qué había perdido sus huevos.

A veces las familias se separan y nadie te avisa.

A veces los papás se van al trabajo y no vuelven.

A veces las flores bonitas se quedan sin nadie a quien dárselas.

2. Savannah (15 años)

El mensaje llegó durante la clase de inglés. Mi teléfono vibró contra mi pierna desde el fondo de mi mochila, ese vibrar insistente que significa que algo importante está pasando. Normalmente lo habría ignorado -el señor Patterson no toleraba teléfonos-, pero algo me hizo sacarlo discretamente.

Era de Jessica, una chica de mi clase de arte que siempre sabía todo primero:

"OMG did you see the news? ICE en Kenner AHORA MISMO. En la escuela primaria. Se están llevando gente."

El mundo se inclinó. Mi estómago cayó como en una montaña rusa. La escuela primaria. Donde estaba Camila.

Levanté la mano. "¿Puedo ir al baño?"

El señor Patterson me miró con esa expresión de maestro que dice "sé que no es para ir al baño," pero algo en mi cara lo debió convencer.

"Cinco minutos, Savannah."

Salí corriendo por los pasillos, mis Converse chirriando contra el linóleo. Tenía que encontrar a Mateo. Tenía que saber que estaba bien, que su familia estaba bien.

Su clase de física estaba al final del pasillo. Me asomé por la ventanilla de la puerta. El señor Rodriguez estaba escribiendo ecuaciones en la pizarra. Los estudiantes tomaban notas. La silla de Mateo estaba vacía.

No. No, No, No.

Corrí a su casillero. Tal vez había ido al baño, o a la enfermería, o...

Vacío.

Saqué mi teléfono con manos temblorosas y llamé. Directo al buzón de voz. Ni siquiera sonó.

Mensaje de texto: "¿Dónde estás?"

Los tres puntos que indican que alguien está escribiendo nunca aparecieron.

Otro: "Por favor contesta."

Nada.

Otro: "Mateo, por favor. Solo dime que estás bien."

Los mensajes se quedaron en "Enviado." Ni siquiera "Entregado." Como si su teléfono hubiera dejado de existir.

Me apoyé contra los casilleros fríos, tratando de respirar. Esto no podía estar pasando. No después de la cena del domingo. No después de que nuestras familias finalmente...

Mi teléfono vibró. Esperanza saltó en mi pecho.

Pero era Jessica otra vez: "Están en el Walmart de Veterans. Mi primo trabaja ahí. Dice que se están llevando a todos los que parecen latinos."

Todos los que parecen.

Volví a clase porque no sabía qué más hacer. Me senté en mi pupitre, mirando la silla vacía donde Mateo usualmente se sentaba dos filas adelante. Su mochila no estaba. Como si nunca hubiera estado ahí.

El señor Patterson seguía hablando sobre simbolismo en *The Great Gatsby*. Sobre el sueño americano. Sobre la luz verde al final del muelle de Daisy.

Quería gritar. Quería decirle que el sueño americano se lo estaban llevando en camionetas blancas. Que la luz verde era mentira. Que Gatsby se ahogó persiguiendo algo que nunca fue para él.

En mi cuaderno, en lugar de tomar notas, dibujé. Líneas furiosas que se convirtieron en jaulas. Jaulas que se convirtieron en casas. Casas con raíces que alguien estaba arrancando, dejando hoyos en la tierra.

Jessica se volteó y me pasó su teléfono discretamente. Un video de Twitter. Borroso, grabado desde un auto. Mostraba la escuela primaria rodeada de vehículos de ICE. Padres corriendo. Niños llorando. Oficiales formando perímetros.

Busqué en el video alguna señal de Camila, de Rosa, de cualquiera de los Ramírez. Pero era muy borroso, muy caótico. Solo gente corriendo y uniformes y miedo.

El resto del día pasó en una neblina. Cada vez que alguien abría una puerta, esperaba ver a Mateo entrar, sonriendo tímidamente, diciendo que todo había sido un malentendido.

Pero no vino.

Nadie vino.

En arte, último periodo, me senté frente a un lienzo en blanco. El señor Henderson se acercó.

"¿No vas a trabajar en tu proyecto?"

"No puedo."

"¿Por qué?"

"Porque la persona que me inspiraba ya no está."

No preguntó más. Tal vez vio algo en mi cara. Tal vez ella también había visto las noticias.

Cuando sonó la campana final, no fui a casa. Me senté en las gradas del campo de fútbol, esperando. No sabía qué. Una señal. Un milagro. Algo.

Mi teléfono vibró. Mamá: "¿Dónde estás? Ven a casa. Necesitamos hablar."

Necesitamos hablar. Nunca significaba nada bueno.

3. Alejandro (41 años)

Estaba descargando cajas en el muelle cuando escuché a los otros trabajadores murmurando. Palabras en español rápido, nervioso. "Redada." "Escuelas." "Kenner."

Se me heló la sangre.

"¿Qué escuelas?" pregunté, dejando caer la caja que cargaba.

"Todas," dijo Manuel, un salvadoreño que trabajaba en el siguiente muelle. "Mi prima llamó. Dice que ICE está en todas partes. Walmart, escuelas, hasta en la lavandería."

Mi teléfono. Lo saqué con manos que no podía controlar. Sin señal. ¿Por qué no había señal?

Corrí hacia el estacionamiento, buscando señal. Una barra. Dos. Llamé a Rosa.

Directo al buzón.

Llamé a la casa.

Nadie contestó.

Llamé a Mateo.

"El número que marcó no está disponible."

No. No, no, no.

Le grité al supervisor que tenía una emergencia familiar. No esperé respuesta. Me subí al carro viejo y salí derramando grava.

El tráfico en Veterans era imposible. Todos tratando de llegar a algún lado, de escapar de algún lado. Vi las camionetas blancas antes de ver el Walmart. Formaban un perímetro alrededor del estacionamiento.

No podía acercarme. Policía local desviando tráfico. Di la vuelta, tomé calles laterales que había memorizado por si acaso. Por si acaso este día llegaba.

Pero cuando di vuelta en nuestra calle, las vi. Dos camionetas de ICE estacionadas frente a mi casa. La puerta principal abierta.

Frené en seco tres casas antes. Mi corazón golpeaba tan fuerte que podía escucharlo sobre el motor.

Vi movimiento en la puerta. Dos agentes saliendo. Y entre ellos...

Rosa.

Esposada. Su cabeza gacha, el cabello cubriéndole la cara. Su uniforme verde del hotel arrugado.

"¡Rosa!" El grito salió antes de que pudiera detenerlo.

Ella levantó la cabeza. Nuestros ojos se encontraron a través de la distancia. Vi todo ahí: miedo, amor, despedida. Sus labios se movieron. Creo que dijo "cuida a los niños."

Un agente la empujó hacia la camioneta.

Salí del carro. No podía pensar. Solo podía moverme hacia ella.

"¡Alto ahí!"

Dos agentes corrieron hacia mí. Uno ya tenía la mano en su arma.

"Por favor," dije, levantando las manos. "Es mi esposa. Mis hijos..."

"¿Nombre?"

Podría haber mentido. Podría haber dicho cualquier nombre. Pero vi a Rosa siendo subida a la camioneta y no pude pensar.

"Alejandro Ramírez."

El agente revisó su tabla. Sonrió.

"Qué conveniente. Dos por uno."

Las esposas estaban frías contra mis muñecas. Mientras me llevaban hacia la camioneta, vi rostros en las ventanas. La señora González llorando. Don Chen del restaurante chino con la mano en el vidrio.

Y en la ventana de los Davis, Darlene. Nuestros ojos se encontraron. Vi el horror ahí, la impotencia. Moví los labios: "Los niños."

Ella asintió, lágrimas corriendo por su rostro.

Me subieron a la camioneta. Rosa estaba en el asiento del fondo, otros detenidos entre nosotros. No podíamos tocarnos. Solo mirarnos.

"Los niños," susurró ella.

"Los Davis," respondí.

Era todo lo que podíamos darnos. La esperanza de que alguien cuidaría a nuestros hijos mientras nosotros no podíamos.

La camioneta arrancó. Por la ventana trasera vi nuestra casa haciéndose pequeña. El jardín donde Simón construía fortalezas. La ventana de Camila con sus dibujos de mariposas. La entrada donde había enseñado a Mateo a manejar.

Dieciséis años en quince minutos.

Una vida entera que ya no era nuestra.

4. Travis (8 años)

Corrí todo el camino desde la parada del autobús hasta la casa de Simón. Tenía que contarle que había protegido a Camila, que había dicho que era mi prima. Tenía que asegurarme de que estaba bien.

Pero cuando llegué a su casa, la puerta estaba abierta. No normal abierta, sino rota abierta. Como si alguien la hubiera empujado muy fuerte.

"¿Simón?" llamé desde el porche. "¿Simón, estás ahí?"

Nadie contestó.

Entré despacio. La casa olía raro. No como siempre, a comida colombiana y velas de la señora Rosa. Olía a... vacío.

La sala estaba desordenada. Cojines en el piso. Papeles regados. El dibujo que Camila había hecho de nuestras familias estaba roto en el suelo.

"¿Simón?"

Fui a su cuarto. Su cama estaba deshecha. Su oso Café tirado en el piso. Pero él no estaba.

Escuché pasos y me asusté. Pero era mi mamá.

"¡Travis! ¡Gracias a Dios!" Me abrazó tan fuerte que no podía respirar. "¿Qué haces aquí?"

"Buscando a Simón. Mamá, ¿dónde está Simón?"

Vi cómo su cara cambiaba. Esa cara que ponen los adultos cuando no quieren decirte algo malo.

"Travis, mi amor... pasó algo hoy. Algo difícil."

"¿Se llevaron a Simón?"

No contestó, pero sus ojos se llenaron de lágrimas. Eso era respuesta suficiente.

"¿Y Camila? ¿Y el señor Alejandro y la señora Rosa?"

"No sabemos dónde están todos todavía. Pero vamos a averiguar. Vamos a ayudar."

"¡Pero prometí que lo protegería! ¡Le dije que si venían los hombres malos lo escondería en nuestro ático!"

Empecé a llorar. No lloriquear de bebé, sino llorar de verdad. Porque había fallado. Mi mejor amigo me necesitaba y yo no estuve ahí.

Mamá me llevó a casa. Pero yo seguía mirando hacia atrás, hacia la casa vacía de los Ramírez.

En mi cuarto, saqué todos mis dinosaurios y los puse en fila. El T-Rex que a Simón le gustaba más. El triceratops que siempre escogía cuando jugábamos. El pterodáctilo que hacíamos volar por el jardín.

"Cuídenlo," les dije a los dinosaurios. "Donde sea que esté, cuídenlo hasta que vuelva."

Esa noche no pude dormir. Seguía esperando escuchar la risa de Simón por la ventana. Seguía esperando que tocara la puerta con algún invento nuevo hecho de cartón y cinta adhesiva.

Pero no vino.

En la mañana, puse el pterodáctilo en mi mochila. Para tenerlo cerca. Para recordar.

Para cuando Simón volviera.

Porque tenía que volver.

Los mejores amigos siempre vuelven.

¿Verdad?

5. Rosa (39 años)

Las esposas lastimaban. No porque estuvieran muy apretadas, sino porque cada movimiento me recordaba que ya no era libre. Que ya no era madre. Que ya no era nada más que un número en su sistema.

Alejandro estaba a tres asientos de distancia, pero podría haber estado en otro planeta. Otros detenidos entre nosotros. Una mujer lloraba silenciosamente. Un hombre rezaba. Un joven temblaba.

"Mis hijos," le dije al agente que estaba más cerca. "Por favor, mis hijos están solos."

"Deberías haber pensado en eso antes de venir ilegalmente," respondió sin mirarme.

Antes de venir. Como si hubiera sido ayer. Como si no lleváramos dieciséis años construyendo vidas, pagando impuestos, siendo vecinos, siendo humanos.

La camioneta olía a miedo y sudor. A sueños rotos. A familias destrozadas. Cada bache en el camino me alejaba más de mis bebés.

Cerré los ojos y traté de enviarles mensajes telepáticos:

Mateo, eres fuerte. Cuida a tus hermanos.

Simón, no tengas miedo. Mamá va a volver.

Camila, mi mariposa, sigue dibujando. Sigue soñando.

Pero ¿cómo iban a escuchar si yo misma no creía las palabras?

Llegamos a un edificio gris sin ventanas. Nos procesaron como ganado. Nombre. País de origen. Fecha de entrada. Huellas. Fotos.

Me quitaron mi collar. El que Alejandro me había regalado en nuestro aniversario. Mi anillo de bodas. Mi dignidad.

"Ramírez, Rosa. Colombia. Sin fecha de entrada registrada."

Así de simple. Dieciséis años reducidos a una línea en un formulario.

Me separaron de Alejandro. Hombres para un lado, mujeres para otro. Nuestros ojos se encontraron una última vez.

"Te amo," movió los labios.

"Cuídate," respondí sin sonido.

Me llevaron a una celda con otras veinte mujeres. Algunas llevaban días ahí. Otras horas. Todas con la misma expresión: pérdida.

"¿Tienes hijos?" me preguntó una mujer mayor, guatemalteca por su acento.

"Tres."

"¿Ciudadanos?"

"Sí."

"Entonces hay esperanza. Pelea. Por ellos."

Pero ¿cómo peleas desde una jaula? ¿Cómo proteges a tus hijos cuando no puedes ni tocarte la cara sin pedir permiso?

Esa noche, acostada en una colchoneta delgada que olía a desinfectante y desesperación, lloré. Calladamente, para no molestar a las otras. Pero lloré.

Por Mateo, mi hijo brillante que ahora tendría que ser el hombre de la casa.

Por Simón, mi inventor que construía mundos de cartón.

Por Camila, mi artista que dibujaba familias felices.

Por Alejandro, mi amor, encerrado en algún lugar de este mismo infierno.

151

Por mí, por la mujer que había sido y que tal vez nunca volvería a ser.

Nadie nos avisó que el amor no era suficiente.

Nadie nos avisó que construir una vida no garantizaba poder conservarla.

Nadie nos avisó que un martes cualquiera podían arrancarte del único hogar que tus hijos habían conocido.

Nadie avisó.

Y ahora era muy tarde para cualquier advertencia.

6. Wayne (38 años)

Me enteré por el scanner de la policía que tengo en el garaje. Nunca lo había mencionado a Darlene -era de mis días más paranoides, cuando creía que el gobierno venía por nuestras armas. Ironía que ahora lo usara para escuchar al gobierno venir por nuestros vecinos.

"Operación en progreso. Múltiples ubicaciones. Kenner."

Salí corriendo del garaje. Darlene estaba en la cocina, preparando la cena como si fuera un día normal.

"Están aquí," dije sin aliento. "ICE. En Kenner."

Se le cayó el plato que estaba secando. Se hizo pedazos en el piso, pero ninguno de los dos nos movimos para recogerlo.

"¿Los Ramírez?"

"No sé. Voy a ver."

"Wayne, no. Si están ahí..."

"Si están ahí, ¿qué? ¿Los vamos a dejar solos?"

Salí sin esperar respuesta. Pero cuando llegué a la esquina, ya era tarde. Las camionetas estaban ahí. Vi a Alejandro siendo esposado. Vi a Rosa siendo subida a un vehículo.

Y no hice nada.

Me quedé parado como un cobarde, viendo cómo se llevaban a mi amigo. Al hombre que había salvado mi negocio más veces de las que podía contar. Al padre de los mejores amigos de mis hijos.

Cuando las camionetas se fueron, caminé hacia la casa vacía. La puerta estaba abierta. Entré.

Era extraño ver su vida interrumpida. La estufa todavía tibia. Platos en el fregadero. Un dibujo a medio terminar en la mesa.

Escuché llanto desde uno de los cuartos. Corrí y encontré a los tres niños acurrucados en el closet del cuarto principal. Mateo abrazando a los pequeños, tratando de mantenerlos callados.

"Está bien," dije, arrodillándome frente a ellos. "Soy yo. Están a salvo."

Simón salió corriendo y me abrazó las piernas. "¡Se llevaron a mami y papi!"

"Lo sé, buddy. Lo sé."

Mateo me miraba con ojos que habían envejecido años en minutos. "¿Qué va a pasar con nosotros?"

No tenía respuesta. ¿Qué les dice a tres niños ciudadanos americanos cuyos padres acaban de ser arrancados de sus vidas?

"Van a venir conmigo. A mi casa. Vamos a resolver esto."

"No podemos irnos," dijo Mateo. "¿Y si vuelven?"

"No van a volver hoy," dije suavemente. "Pero yo voy a hacer todo lo posible para traerlos de vuelta. Lo prometo."

Era una promesa que no sabía si podía cumplir. Pero la hice de todos modos.

Los llevé a mi casa. Darlene ya tenía cobijas y almohadas en el sofá. Travis y Savannah esperaban con caras de funeral.

"¿Tienen hambre?" preguntó Darlene.

153

Los niños negaron con la cabeza, pero ella calentó sopa de todos modos. A veces alimentar es la única manera de cuidar cuando no puedes arreglar nada más.

Esa noche, después de acostar a los niños Ramírez en el cuarto de huéspedes, me senté en mi garaje con una cerveza que no podía tomar.

Pensé en todas las veces que había dicho que "los ilegales deberían seguir la ley." En todas las veces que había votado por políticos que prometían "ley y orden." En todas las veces que había mirado para otro lado cuando escuchaba de redadas en otras ciudades.

Nunca pensé que vendría por personas que conocía. Que amaba.

Fui un tonto.

Y ahora tres niños pagaban el precio de mi estupidez. De nuestra estupidez colectiva.

Mañana empezaría a hacer llamadas. A buscar abogados. A gastar lo que fuera necesario.

Pero esta noche, solo podía sentarme en mi garaje y escuchar el scanner de la policía reportar más "operaciones exitosas." Más familias destrozadas. Más niños llorando.

Y nadie había avisado que el martes sería el día.

Nadie avisó que mientras preparábamos la cena y ayudábamos con tareas y planeábamos el fin de semana, ellos planeaban esto.

Nadie avisó.

Y ahora era demasiado tarde para advertencias.

7. Mateo (14 años)

Los encontré en el closet cuando escuché las camionetas irse. Mamá había susurrado "escóndanse" cuando tocaron la puerta, y yo había arrastrado a Simón y Camila al único lugar que se me ocurrió.

Simón temblaba contra mí. Camila sollozaba en silencio. Yo trataba de ser fuerte, pero por dentro me estaba desmoronando.

"¿Por qué se llevaron a mami?" preguntó Camila.

"Porque..." ¿Cómo le explicas a una niña de seis años que sus padres eran considerados criminales solo por existir aquí? "Porque hay gente mala que no entiende que somos familia."

"¿Van a volver?"

"Sí," mentí. "Claro que sí."

Cuando el señor Wayne nos encontró, parte de mí quería correr. Pero ¿a dónde? Esta era nuestra casa. Aquí estaban las memorias de papi enseñándome ecuaciones en la mesa de la cocina. De mami cantando mientras cocinaba. De todos nosotros siendo familia.

En casa de los Davis todo era demasiado limpio, demasiado grande, demasiado silencioso. Nos sentamos en su sala perfecta como refugiados, porque eso éramos ahora. Refugiados en nuestro propio país.

Savannah me abrazó sin decir nada. No necesitaba palabras. Su abrazo decía todo: lo siento, estoy aquí, no estás solo.

Esa noche, acostado en una cama que no era mía, en una casa que no era mía, traté de hacer un plan. Tenía que ser el hombre de la casa ahora. Tenía que proteger a mis hermanos.

Pero tenía catorce años. No sabía cómo ser adulto. No sabía cómo llenar los espacios que mis padres habían dejado.

Saqué mi teléfono, que había apagado cuando vi las camionetas. Tenía cincuenta mensajes. La mayoría de Savannah. Algunos de compañeros de clase. Uno de un número desconocido:

"Soy el abogado Vargas. La pastora Williams me dio su número. Llámeme mañana. Vamos a pelear esto."

155

Pelear. Como si fuera una batalla que se pudiera ganar. Como si el sistema no estuviera diseñado exactamente para esto: para separar familias, para castigar el amor, para recordarnos que no importaba dónde hubiéramos nacido, nunca seríamos suficientemente americanos.

Cerré los ojos y traté de recordar la voz de papá: "Un puente flexible se mueve, se adapta, pero no se cae."

Tenía que ser flexible ahora. Tenía que adaptarme. Por Simón. Por Camila.

Pero Dios, qué difícil era no caerse cuando te quitaban los cimientos.

8. Narrador colectivo

En Kenner, esa noche, las cortinas se cerraron más temprano que de costumbre.

Doña Carmen no abrió su tienda el miércoles. Pegó un letrero escrito a mano: "Cerrado por luto." Los que entendían, entendían. Los que no, seguían su camino.

En la escuela primaria, dieciséis pupitres amanecieron vacíos. Dieciséis loncheras se quedaron en casilleros que nadie abriría. Dieciséis niños que ayer aprendían sobre la Constitución hoy aprendían que sus protecciones tenían límites.

Los maestros hablaron en voz baja en la sala de profesores. ¿Qué les dices a los niños que quedan? ¿Cómo explicas que sus amigos no van a volver? ¿Cómo enseñas sobre justicia cuando la injusticia entró por tu puerta?

En la iglesia de la pastora Williams, se organizó una vigilia. Velas por cada familia separada. Oraciones en español, creole, vietnamita. Un coro multilingüe de dolor.

Los medios locales reportaron la "operación exitosa" en treinta segundos, entre el clima y los deportes. Números sin rostros. Estadísticas sin historias. Como si cada número no fuera una familia rota, un niño llorando, un futuro truncado.

En las redes sociales, videos borrosos circulaban. Padres siendo arrestados. Niños gritando. Pero para la mañana siguiente, serían reemplazados por memes y noticias de celebridades. El dolor tiene poca duración en el timeline.

Los que tenían papeles abrazaron a sus hijos más fuerte esa noche. Los que no, empacaron maletas por si acaso. Algunos se mudaron con familiares. Otros simplemente desaparecieron, prefiriendo la sombra autoimpuesta a la luz de la deportación.

En el centro de detención, hombres y mujeres dormían en colchonetas delgadas, soñando con las camas que habían dejado atrás. Con los hijos que habían dejado atrás. Con las vidas que habían construido ladrillo a ladrillo y que habían sido demolidas en un día.

Y en una casa demasiado grande en Kenner, tres niños americanos dormían en camas prestadas, soñando con padres que el sistema había decidido que no merecían.

Porque nadie avisó que el martes sería el día en que el mundo se acabaría.

Nadie avisó que el amor no era defensa suficiente.

Nadie avisó que las raíces, sin importar qué tan profundas, podían ser arrancadas.

Nadie avisó.

Y ahora, en el silencio de la noche de Louisiana, solo quedaba el eco de las ausencias.

El eco de todo lo que se perdió sin aviso.

JUAN C. RIBOT GUZMÁN

El eco de vidas interrumpidas a media frase.

El eco que nunca termina de desvanecerse.

Porque cuando nadie avisa, el golpe resuena para siempre.

Capítulo 11:
La Casa Sin Voz
(Perspectiva de Rosa
Ramírez)

Mañana sin ruido

Rosa despertó a las 4:30 como siempre, pero nada era igual. No estaba en su cama con su almohada que olía a casa, sino en una colchoneta delgada que olía a desinfectante industrial y desesperanza. No había ventana por donde entrara la luz tenue del amanecer de Louisiana, solo el resplandor constante de los fluorescentes que nunca se apagaban completamente.

El centro de detención nunca dormía. Siempre había alguien llorando, alguien tosiendo, alguien murmurando oraciones en idiomas que el sistema había decidido que no pertenecían aquí. Rosa había pasado tres noches escuchando esa sinfonía de dolor, y cada noche se preguntaba si sus hijos también estarían despiertos, preguntándose dónde estaba mamá.

Se sentó en el borde de la colchoneta, sintiendo el frío del concreto a través de las medias delgadas que le habían dado. Todo aquí era delgado: las cobijas, las paredes entre la dignidad y la desesperación, la línea entre mantener la esperanza y rendirse.

A su alrededor, otras mujeres empezaban a moverse. María, la salvadoreña que había estado aquí por un mes, ya estaba despierta, mirando al techo como si pudiera ver a través de él hacia el cielo que no habían visto en días. Esperanza, nombre irónicamente apropiado, de Honduras, se mecía suavemente, cantando en voz baja una canción de cuna que probablemente le cantaba a hijos que no sabía si volvería a ver.

No había privacidad aquí. No había momentos de soledad para procesar el dolor. Todo era comunal: el sufrimiento, el miedo, las pequeñas bondades que se compartían como migajas de pan.

Rosa se levantó y caminó hacia el lavabo comunitario. El espejo estaba rayado y manchado, pero aún podía ver su reflejo. No se reconoció. En tres días había envejecido años. Los ojos que la miraban de vuelta estaban hundidos, rodeados de sombras que ningún maquillaje podría cubrir. Pero no había maquillaje aquí. No había manera de mantener las apariencias, las pequeñas dignidades que te hacían sentir humana.

Se lavó la cara con agua fría que salía en un chorro débil. No había agua caliente. No había toallas suaves. Solo papel áspero que se deshacía al contacto con el agua.

Mientras se secaba la cara, pensó en su rutina matutina en casa. El café colombiano burbujeando en la estufa. Las arepas dorándose en el comal. Las loncheras alineadas esperando ser llenadas con amor y comida casera. Los sonidos de sus hijos despertando, cada uno con su propio ritmo matutino.

¿Quién les estaba haciendo el desayuno ahora? ¿Habría recordado alguien que a Mateo no le gustaba la leche fría? ¿Que Simón necesitaba recordatorios para cepillarse los dientes? ¿Que Camila siempre pedía que le trenzaran el pelo antes de la escuela?

Un sollozo se escapó antes de que pudiera detenerlo. Lo tragó rápidamente. No podía llorar aquí. Si empezaba, no pararía, y necesitaba mantenerse fuerte. Por si había una llamada. Por si podía verlos. Por si surgía un milagro.

2. La rutina de la nada

El desayuno llegó a las seis: avena aguada que sabía a cartón, una manzana que había visto mejores días, leche que no era leche sino algún substituto en polvo. Rosa comió mecánicamente. No por hambre, sino porque sabía que necesitaba fuerzas para lo que fuera que viniera.

Las mujeres comían en silencio mayormente. A veces alguien compartía una historia. Ayer, Carmen de Guatemala había contado cómo la habían detenido mientras llevaba a su hija al doctor. La niña tenía leucemia. Ahora no sabía quién la estaba llevando a sus tratamientos.

Después del desayuno, nada. Ese era el verdadero castigo del centro de detención: la nada infinita. No había trabajo que hacer, libros que leer, actividades que realizar. Solo esperar. Esperar noticias. Esperar deportación. Esperar un milagro.

Rosa había intentado conseguir información sobre Alejandro. Cada día preguntaba a los guardias, pero las respuestas eran siempre las mismas:

"No tenemos esa información. "Pregunte a su abogado." No es mi departamento."

¿Qué abogado? No tenía abogado. No tenía dinero para un abogado. Solo tenía la tarjeta arrugada que la pastora Williams le había dado hace meses, guardada en su bolsillo, que ahora estaba en alguna bolsa de evidencia con el resto de sus pertenencias.

A las diez, permitían una hora en el "patio" - un espacio de concreto rodeado de alambre de púas donde al menos podías ver el cielo. Rosa salió con las demás, respirando profundamente el aire húmedo de Louisiana. Cerró los ojos y trató de imaginar que estaba en su pequeño jardín, viendo a Simón construir fortalezas con cajas.

"¿Primera vez?"

Rosa abrió los ojos. Una mujer mayor, mexicana por su acento, estaba parada junto a ella.

"Sí."

"Se nota. Todavía tienes esperanza en los ojos."

"¿Cuánto tiempo lleva usted aquí?"

"Tres meses. Mi caso está 'bajo revisión.'" La mujer hizo comillas en el aire con amargura. "Llevo cuarenta años en Estados Unidos. Mis hijos son doctores, ingenieros. Mis nietos ni hablan español. Pero aquí estoy."

"¿Y no pueden hacer nada sus hijos?"

"¿Qué van a hacer? ¿Cambiar la ley? Han gastado miles en abogados. Pero al final, entré sin papeles en 1983. Eso es todo lo que importa."

Rosa sintió el peso de esas palabras. Cuarenta años. Toda una vida. Y aún así, aquí estaba.

"Me llamo Rosa."

"Dolores. Como mi situación." La mujer rio sin humor. "¿Hijos?"

"Tres. Ciudadanos."

"Eso ayuda. A veces. Si tienes buen abogado. Si el juez tuvo un buen día. Si las estrellas se alinean."

Se quedaron paradas en silencio, dos madres lejos de sus hijos, unidas por circunstancias que ninguna había elegido.

3. Pequeños actos de resistencia

De vuelta adentro, Rosa se unió a un grupo de mujeres que se había formado espontáneamente. Compartían historias, consejos, pequeños actos de solidaridad que hacían la detención un poco más soportable.

"Si te duele la muela," decía Patricia de El Salvador, "mastica en el lado izquierdo de la boca. El dentista viene una vez al mes y solo ve emergencias."

"Guarda las servilletas del almuerzo," añadió Carmen. "El papel higiénico se acaba los jueves y no lo reponen hasta el lunes."

Pequeños conocimientos de supervivencia pasados de detenida a detenida como secretos de guerra.

Rosa compartió lo poco que había aprendido: "Si necesitas llamar y no tienes dinero en tu cuenta, pregunta por el capellán los martes. A veces te deja usar el teléfono de la oficina."

Era resistencia en su forma más básica: negarse a ser deshumanizadas completamente, mantener la dignidad a través de pequeños actos de cuidado mutuo.

Alguien había conseguido contrabandear un lápiz y papel. Lo pasaban entre ellas, escribiendo cartas a hijos que tal vez nunca las recibirían. Rosa tomó su turno:

"Mis amores: Mamá está bien. No se preocupen por mí. Sean buenos con quien los esté cuidando. Mateo: eres el hombre de la casa ahora. Sé que es mucho pedir, pero eres fuerte. Simón: sigue construyendo. No dejes que nadie te diga que tus inventos son tontos. Camila: dibuja por mí. Dibuja nuestra familia junta para que no se te olvide. Los amo más que a mi propia vida. Mamá"

Dobló el papel en cuadrados pequeños, sin saber si alguna vez saldría de aquí, pero necesitando la ilusión de comunicación, de que sus palabras de alguna manera atravesarían los muros y llegarían a sus hijos.

4. La abogada voluntaria

Al tercer día, la llamaron para una "consulta legal." Rosa siguió al guardia por pasillos que olían a pintura industrial y desesperanza, hasta una sala pequeña con una mesa de metal y dos sillas.

La mujer sentada al otro lado era joven, tal vez la edad de Mateo más quince años. Latina, con el tipo de español cuidadoso de segunda generación y ropa que gritaba "abogada recién graduada con préstamos estudiantiles."

"Señora Ramírez, soy Ana Castillo. Soy abogada voluntaria con el Proyecto de Defensa de Inmigrantes."

Rosa se sentó, las manos entrelazadas tan fuerte que los nudillos se le pusieron blancos.

"¿Sabe algo de mi esposo? ¿De mis hijos?"

"Su esposo está en el centro de detención de hombres. Está bien, dentro de lo posible. Sus hijos están con una familia vecina. Los Davis."

Rosa exhaló tan fuerte que se mareó. Vivos. Juntos. A salvo, relativamente.

"¿Puedo verlos? ¿Puedo llamarlos?"

"Estamos trabajando en eso. Pero primero necesitamos hablar de su caso." Ana abrió una carpeta delgada. Demasiado delgada para contener dieciséis años de vida. "Usted entró a Estados Unidos sin inspección en 2008, ¿correcto?"

"Sí."

"¿Ha salido del país desde entonces?"

"No."

"¿Ha tenido algún encuentro con la policía? ¿Arrestos?"

"No. Nunca. Ni una multa de tráfico."

Ana tomó notas. "Eso es bueno. ¿Sus hijos nacieron aquí?"

"Los tres."

"¿Tienen alguno necesidades médicas especiales? ¿Algo que requiera su cuidado específico?"

Rosa pensó. "Camila es asmática. Necesita su inhalador cuando hace mucho calor o ejercicio."

"¿Documentado por un doctor?"

"Sí, el Dr. Patel en Ochsner."

Más notas. Ana la miró con algo que podría haber sido compasión o simplemente cansancio profesional.

"Voy a ser honesta, señora Ramírez. Su caso es complicado. No hay un camino claro hacia el estatus legal cuando has estado sin documentos por tanto tiempo. Pero el hecho de que tenga hijos ciudadanos, especialmente uno con necesidades médicas, podría calificarla para cancelación de remoción."

"¿Qué significa eso?"

"Es un proceso largo. Muy largo. Tendría que demostrar que su deportación causaría dificultades excepcionales y extremadamente inusuales a sus hijos ciudadanos. El estándar es muy alto."

"¿Cuánto tiempo?"

"Si logramos que un juez tome el caso... meses. Tal vez años."

Años. La palabra cayó entre ellas como una piedra en agua quieta.

"¿Y mientras tanto?"

"Mientras tanto, usted espera aquí. A menos que podamos conseguir una fianza, pero esas están cada vez más difíciles de obtener."

"¿Cuánto?"

"Mínimo cinco mil dólares. A veces veinte mil."

Rosa casi se ríe. Veinte mil dólares. Habían estado ahorrando durante años y apenas tenían cuatro mil. Y eso era para el food truck, para el futuro, no para comprar libertad temporal.

"No tenemos eso."

"Hay organizaciones que a veces ayudan. Voy a ver qué puedo hacer." Ana cerró la carpeta. "Por ahora, no firme nada sin hablar conmigo primero. No acepte salida voluntaria, aunque se lo ofrezcan. ¿Entiende?"

"Sí."

"¿Alguna pregunta?"

Rosa tenía mil preguntas. ¿Por qué el amor no era suficiente? ¿Por qué construir una vida honesta no contaba? ¿Por qué sus hijos tenían que pagar por decisiones tomadas antes de que nacieran?

Pero solo preguntó: "¿Puedo escribirles a mis hijos?"

Ana suspiró. "Voy a ver qué puedo hacer."

5. El teléfono azul

Esa tarde, por primera vez, le dieron permiso para hacer una llamada. Cinco minutos. Supervisada. En un teléfono azul que habían tocado miles de manos desesperadas.

Marcó el número de los Davis con dedos temblorosos. Un timbre. Dos. Tres.

"¿Hola?"

Era Darlene. Rosa casi cuelga. No sabía qué decir a esta mujer que apenas conocía pero que ahora cuidaba a sus hijos.

"Darlene, soy Rosa."

"¡Rosa! Oh, gracias a Dios. Los niños han estado preguntando... Espera, déjame buscarlos."

Ruidos de movimiento. Voces al fondo. Y entonces:

"¿Mami?"

Mateo. Su voz sonaba más vieja, más cansada, pero era él.

"Mi amor. Mi niño. ¿Cómo están?"

"Estamos bien. Los Davis nos están cuidando. Simón y Camila están bien. ¿Dónde estás? ¿Cuándo vuelves?"

"Estoy... estoy segura, mi amor. Trabajando para volver. ¿Están comiendo bien? ¿Durmiendo?"

"Sí. La señora Davis cocina diferente, pero está bien. Mami, tengo miedo."

Las palabras le rompieron el corazón. Su hijo de catorce años, siempre tan fuerte, admitiendo miedo.

"Lo sé, mi amor. Yo también. Pero vamos a superarlo. Somos fuertes."

"¿Y papi?"

"Está bien. En otro lugar, pero bien. Mateo, necesito que seas fuerte por tus hermanos."

"Lo estoy siendo. Pero Camila llora en las noches. Y Simón no quiere jugar con nada."

"Dos minutos," dijo el guardia.

Dos minutos. Dos minutos para ser madre a través de un teléfono.

"Ponme con ellos. Rápido."

Ruidos. Luego la voz de Simón: "¿Mami?"

"Hola, mi inventor. ¿Cómo estás?"

"¿Por qué te fuiste sin despedirte?"

¿Cómo explicar que no se fue, que se la llevaron? ¿Cómo explicar la violencia institucional a un niño de ocho años?

"No fue mi decisión, mi amor. Pero voy a volver."

"Travis dice que su papá va a arreglarlo. ¿Es verdad?"

"Todos están tratando de ayudar. Pórtate bien, ¿sí?"

"Un minuto."

"¡Camila! ¡Rápido!"

Su bebé. Su mariposa. "¿Mami? ¿Eres tú de verdad?"

"Soy yo, mi amor. ¿Estás siendo buena niña?"

"Dibujé nuestra familia. Todos juntos. Para cuando vuelvas."

"Guárdalo bien. Cuando vuelva lo vamos a colgar en la nevera."

"Treinta segundos."

"Los amo," dijo Rosa rápidamente. "Los amo más que a nada en el mundo. Sean buenos. Cuídense entre ustedes. No olviden quiénes son."

"Te amamos, mami," dijeron en coro.

"Tiempo."

El guardia cortó la llamada. Rosa se quedó sosteniendo el teléfono muerto, escuchando el tono de marcado como si pudiera convertirlo en las voces de sus hijos.

6. La red invisible

Esa noche, acostada en su colchoneta, Rosa escuchó a las otras mujeres hablar en susurros. Con el tiempo, había aprendido que el centro de detención tenía su propia red de comunicación, su propio sistema de apoyo.

"Mi prima trabaja en la cocina del lado de los hombres," decía María. "Puedo preguntar por tu esposo."

"Mi hermana afuera está recolectando dinero para fianzas," añadió otra. "Hacen rifas, venden comida. A veces juntan suficiente."

Era hermoso y desgarrador al mismo tiempo. Mujeres sin nada encontrando maneras de ayudarse mutuamente. Una economía de favores y esperanza funcionando en las sombras del sistema.

"Rosa," le susurró Dolores, la mujer del patio. "¿Tus hijos tienen dónde quedarse?"

"Sí. Con vecinos."

"Eso es bueno. Los míos adultos, pero igual me preocupo. Cuarenta años siendo madre no se apagan porque te encierren."

"¿Cómo lo soporta? ¿Tanto tiempo aquí?"

Dolores se quedó callada tanto tiempo que Rosa pensó que se había dormido.

"Sobrevives un día a la vez. No pienses en años o meses. Solo en hoy. Hoy comiste. Hoy respiraste. Hoy recordaste que eres humana. Mañana harás lo mismo."

Un día a la vez. Como alcohólicos, pero adictas a la esperanza de reunirse con sus familias.

"¿Y si la esperanza no es suficiente?"

"Entonces finges. Finges esperanza hasta que se vuelve real otra vez. Por tus hijos. Siempre por los hijos."

Rosa cerró los ojos y trató de dormir. Pero cada vez que empezaba a quedarse dormida, soñaba con su casa. Con el olor del café en la mañana. Con las risas de sus hijos. Con los brazos de Alejandro.

Y despertaba en el infierno fluorescente del centro de detención, con el gusto de lágrimas en la boca.

7. Acto de fe

Al quinto día, el capellán vino. Un hombre mayor, latino, con ojos amables y manos que habían sostenido mucho dolor.

"¿Alguien quiere orar?"

Varias mujeres se acercaron. Rosa dudó. Había sido criada católica, pero la vida la había vuelto más práctica que devota. ¿Dónde había estado Dios cuando cruzaron el desierto? ¿Dónde estaba ahora?

Pero se unió al círculo de todos modos. No por fe, sino por comunidad. Por sentir otras manos sosteniendo las suyas.

"Dios de los migrantes," empezó el capellán, "Tú que conoces el exilio, que fuiste refugiado en Egipto, escucha nuestro clamor."

Las mujeres empezaron a llorar. Rosa sintió lágrimas propias caer.

"Por nuestros hijos, para que encuentren consuelo. Por nuestras familias separadas, para que encuentren reunión. Por nosotras, para que encontremos fuerza."

"Amén," murmuraron todas.

El capellán se acercó a Rosa después. "Primera vez aquí, ¿verdad?"

"¿Cómo lo sabe?"

"Todavía tienes fuego en los ojos. No dejes que te lo apaguen."

"Es difícil."

"Lo sé. Pero tus hijos necesitan que ese fuego siga ardiendo. ¿Puedo hacer algo por ti?"

Rosa pensó en la carta que había escrito. "¿Podría enviar una carta a mis hijos?"

El capellán miró alrededor, luego asintió discretamente. "Escríbela de nuevo. Con letra clara. La incluiré en mi correspondencia oficial."

Un pequeño milagro. Un acto de bondad que rompía las reglas. Rosa corrió a reescribir la carta con una servilleta y el lápiz de contrabando.

Esta vez añadió:

"PD: Recuerden que el amor cruza muros, cruza distancias, cruza todo. Mamá está con ustedes, aunque no puedan verme. En cada amanecer, en cada comida compartida, en cada abrazo que se den entre ustedes. Ahí estoy yo."

Le dio la carta al capellán, quien la guardó en su biblia.

"Llegará," prometió.

Rosa quería creerle. Necesitaba creerle.

Porque en una casa sin voz, a veces la fe en pequeños milagros es todo lo que te queda.

Y porque en algún lugar de Kenner, tres niños esperaban escuchar que mamá no los había olvidado.

Que el amor, efectivamente, cruza todo.

Incluso los muros de los centros de detención.

Incluso el silencio de las casas sin voz.

Capítulo 12:
Desde el otro lado
(Perspectiva de Darlene
Davis)

La invasión

El reloj marcaba las 6:47 AM cuando tocaron la puerta. No, no tocaron. Golpearon. Con esa autoridad que anuncia que tu vida está a punto de cambiar sin tu permiso.

Darlene bajó las escaleras ajustándose la bata, el cabello todavía desordenado del sueño. A través del vidrio esmerilado de la puerta pudo ver uniformes. Muchos uniformes.

"¿Sí?" Su voz salió más aguda de lo normal.

"Servicio de Protección Infantil. Necesitamos hablar con usted sobre los menores Ramírez."

El café que ni siquiera había tomado se le revolvió en el estómago vacío. Abrió la puerta para encontrarse con tres personas: una mujer afroamericana con carpeta oficial, un hombre blanco con placa visible, y una mujer latina joven que parecía incómoda.

"Soy Patricia Williams del CPS," dijo la mujer con la carpeta. No la Patricia Williams que Darlene conocía de la iglesia. Esta era otra, con la misma expresión de autoridad cansada. "Hemos recibido reportes de que hay tres menores sin custodia legal viviendo aquí."

"Están... están con nosotros temporalmente. Sus padres fueron..."

"Sabemos sobre sus padres, señora Davis. Por eso estamos aquí. ¿Podemos entrar?"

No era realmente una pregunta. Darlene se hizo a un lado, su mente corriendo. Los niños todavía dormían. Wayne estaba en la ducha. Todo estaba pasando demasiado rápido.

"¿Tienen algún documento de custodia temporal?" preguntó Williams mientras entraban a la sala.

"No, yo... todo pasó muy rápido. El martes cuando ICE..."

"Entiendo. Pero han pasado cinco días. Sin documentación apropiada, los niños están técnicamente en custodia ilegal."

Ilegal. La palabra flotó en el aire como veneno. Ahora ella también estaba del lado equivocado de esa palabra.

"Son nuestros vecinos. Los conocemos desde hace años. Los niños están a salvo aquí."

"No dudo de sus intenciones, señora Davis. Pero hay procedimientos. Los menores ciudadanos con padres detenidos deben ser procesados através del sistema."

"¿El sistema?" Darlene sintió la indignación subir. "¿El mismo sistema que arrancó a sus padres de sus vidas?"

Williams suspiró. Había escuchado este argumento antes, su expresión decía. "No hago las reglas, señora Davis. Solo las sigo."

Wayne apareció en las escaleras, todavía abotonándose la camisa. "¿Qué está pasando?"

"CPS," dijo Darlene. "Quieren llevarse a los niños."

"Como el demonio que lo harán." La voz de Wayne tenía ese tono que Darlene conocía bien. El tono de 'mi casa, mis reglas.' "Esos niños no van a ningún lado."

El hombre con placa dio un paso adelante. "Señor, le sugiero que coopere. Obstaculizar una investigación de CPS es un delito."

"¿Y qué hay de obstaculizar una familia? ¿Eso no es un delito?"

La tensión en la sala era palpable. Darlene puso una mano en el brazo de Wayne. No podían ganar esto con confrontación.

"¿Qué necesitamos hacer?" preguntó, su voz forzadamente calmada. "Para que los niños se queden."

Williams pareció aliviada de volver a terreno procesal. "Necesitan aplicar para custodia temporal de emergencia. Verificación de antecedentes. Inspección del hogar. Referencias."

"¿Cuánto tiempo?"

"Si todo va bien, unos días."

"¿Y mientras tanto?"

"Los niños vendrían con nosotros. Cuidado foster temporal."

"No." La palabra salió de Darlene como un rugido. La sorprendió a ella misma. "No van a separar a esos niños. No van a traumatizarlos más. Ya perdieron a sus padres. No van a perder el único hogar familiar que les queda."

Williams intercambió miradas con sus colegas. La mujer latina joven habló por primera vez: "Tal vez... tal vez podríamos hacer la verificación inicial ahora. Si la casa pasa inspección básica, si no hay riesgos obvios..."

"García," la cortó Williams.

"Es que son tres hermanos," continuó García. "Será casi imposible ubicarlos juntos en foster temporal. Y si están seguros aquí..."

Williams la miró con esa expresión de jefe que dice 'hablaremos después.' Pero luego suspiró.

"Bien. Inspección inicial. Pero si encuentro algo, cualquier cosa fuera de orden, se vienen con nosotros."

2. El test

Lo que siguió fue una de las horas más surrealistas de la vida de Darlene. Siguió a Williams por su propia casa, viéndola con ojos nuevos. Cada habitación siendo evaluada, juzgada, medida contra estándares que nunca había considerado.

"¿Dónde duermen los niños?"

"Los dos varones en el cuarto de huéspedes. La niña está compartiendo con nuestra hija Savannah."

Williams tomó notas. Midió el cuarto. Revisó las ventanas. "Necesitarán camas separadas para los varones. No pueden compartir."

"Compraremos otra cama hoy mismo."

Más notas. La cocina fue inspeccionada. El refrigerador abierto, la comida evaluada.

"Veo que tienen comida adecuada. ¿Alergias de los niños?"

"Camila es asmática. Tenemos sus medicamentos."

"¿Receta a nombre de quién?"

Darlene se quedó callada. No había pensado en eso. La receta estaba a nombre de Rosa.

"Necesitarán nueva receta. Llevarla a un doctor."

"Por supuesto."

Savannah apareció en la cocina, despeinada y confundida. "¿Mamá? ¿Qué pasa?"

"Inspección, cariño. ¿Puedes ir a despertar a los niños? Que se vistan."

Savannah entendió inmediatamente. Su cara se endureció con determinación adolescente. "Claro. Les diré que todo está bien."

Bendita niña. Sabía exactamente qué hacer.

Wayne siguió a Williams por el resto de la casa, señalando cada mejora de seguridad, cada precaución. El hombre que días antes habría protestado la intromisión gubernamental ahora rogaba por aprobación gubernamental.

"Tenemos detectores de humo en cada cuarto. Extintores. Botiquín completo. Cerca con llave en la piscina del vecino."

Williams anotaba todo. Su expresión no revelaba nada.

Los niños bajaron, Mateo guiando a sus hermanos. Se veían pequeños, vulnerables, con esa expresión de quien ha aprendido que los adultos con carpetas oficiales traen malas noticias.

"Hola," dijo Williams, su voz suavizándose por primera vez. "Soy Patricia. Solo necesito hacerles unas preguntas."

Mateo dio un paso adelante, protegiéndolos. "¿Nos van a separar?"

"Eso es lo que tratamos de evitar. ¿Cómo los han tratado aquí los señores Davis?"

"Bien. Muy bien. Nos dan comida. Tenemos camas. Nadie nos pega ni nada."

El corazón de Darlene se rompió un poco. Que un niño de catorce años tuviera que aclarar que no lo golpeaban. Que ese fuera el estándar.

Williams se arrodilló para estar al nivel de Camila. "¿Y tú, pequeña? ¿Te gusta estar aquí?"

Camila se escondió detrás de Mateo. "Quiero a mi mami."

"Lo sé, cariño. Todos estamos trabajando para eso."

Era mentira, pensó Darlene con amargura. El mismo sistema que Williams representaba era el que había alejado a su mami.

Simón fue más directo: "Travis es mi mejor amigo. Si me llevan, ¿puedo llevar mis dinosaurios?"

"Nadie se va a ningún lado," dijo Wayne con firmeza.

Williams se levantó. Más notas. Más evaluación. García habló en español rápido con los niños, preguntas que Darlene no entendió pero que parecieron satisfacerla.

Finalmente, después de lo que parecieron horas, Williams cerró su carpeta.

"Voy a recomendar custodia temporal de emergencia. Pero hay condiciones."

Darlene exhaló. "Lo que sea."

"Verificación de antecedentes completa para ambos. Necesito tres referencias de carácter. Evaluación psicológica de los menores dentro de una semana. Inscripción escolar verificada. Y," miró directamente a Wayne, "cooperación total con CPS. Nada de confrontaciones. Nada de 'mi casa mis reglas.' Estos niños están bajo jurisdicción del estado ahora."

Wayne apretó la mandíbula, pero asintió.

"Volveré en 48 horas con los papeles. Mantengan todo exactamente como está. Y," su voz se suavizó marginalmente, "cuiden bien a estos niños. Han pasado por suficiente."

3. Daño colateral

Después de que CPS se fue, la casa se sintió violada. Como si hubieran revisado no solo las habitaciones sino las almas de quienes vivían ahí.

Darlene encontró a Camila llorando en el closet de Savannah, abrazando un vestido que olía a Rosa.

"Mi mami siempre huele a flores," sollozaba. "Este vestido no huele a ella."

¿Cómo le explicas a una niña de seis años que los olores se desvanecen? ¿Que las memorias sensoriales son las primeras en irse? Darlene se sentó en el piso del closet con ella, sin importarle su bata de seda en el piso polvoriento.

"¿Sabes qué? Vamos a hacer algo especial. Vamos a hacer un libro de memorias de tu mami. Con dibujos e historias. Para que no se te olvide nada."

"¿Podemos poner el olor también?"

"Podemos intentarlo. Tal vez conseguir su perfume."

Era una promesa imposible. No tenía idea de qué perfume usaba Rosa. Pero la esperanza en los ojos de Camila valía cualquier mentira piadosa.

En la cocina, Mateo lavaba platos con movimientos mecánicos. Siempre limpiando, organizando, como si el orden externo pudiera calmar el caos interno.

"No tienes que hacer eso," le dijo Darlene.

"Sí tengo. Somos una carga. Lo menos que puedo hacer es ayudar."

"No son una carga. Son familia."

Mateo la miró con ojos demasiado viejos. "La familia no necesita papeles de custodia."

No había respuesta para eso.

Wayne estaba en el garaje al teléfono, su voz elevada. "No me importa cuánto cueste. Consigue el mejor maldito abogado de inmigración en Louisiana... No, en el país. Sí, para los padres y para la custodia... No es por caridad, Jim. Estos son mis... son familia."

Darlene sintió algo cálido en el pecho. Su esposo, el hombre que votaba por control fronterizo estricto, peleando con uñas y dientes por una familia indocumentada.

La gente cambia. A veces muy tarde, pero cambian.

4. Bautismo burocrático

Los siguientes dos días fueron un torbellino de papeleo. Darlene, que había vivido una vida ordenada donde los documentos importantes cabían en una carpeta, de repente se encontró navegando un laberinto burocrático que parecía diseñado para frustrar.

Primero, el banco. Necesitaban probar estabilidad financiera.

"Necesito estados de cuenta de los últimos seis meses," dijo, sintiéndose pequeña frente al escritorio del banquero.

"¿Para un préstamo?"

"Para... custodia temporal. De unos niños."

La mirada del banquero cambió. Esa mezcla de lástima y juicio que Darlene estaba empezando a reconocer. "Ah. Foster care."

"No exactamente. Son los hijos de nuestros vecinos."

No dio más explicaciones. Había aprendido que mencionar ICE cerraba conversaciones.

Luego, las referencias. Llamó a la pastora Williams primero.

"Por supuesto que escribiré una carta," dijo la pastora inmediatamente. "Esos bebés necesitan estabilidad. Pero Darlene... ¿estás preparada para esto? No es temporal. Estos casos pueden durar años."

Años. Darlene no había pensado tan lejos. Solo había pensado en los próximos días, semanas tal vez.

"Haremos lo que sea necesario."

"¿Y tu familia? ¿Cómo está Savannah con esto?"

Darlene pensó en su hija, que había dado su cuarto sin dudar, que trenzaba el cabello de Camila cada mañana, que ayudaba a Mateo con aplicaciones de becas porque "necesitará todo el dinero posible para la universidad."

"Savannah es la mejor de nosotros en esto."

Era verdad. Su hija quinceañera mostraba más gracia y adaptabilidad que los adultos.

5. La cena del sexto día

Esa noche, Darlene intentó cocinar arroz como Rosa. Había encontrado una bolsa de arroz jazmín en el supermercado latino, donde la cajera la había mirado con curiosidad mal disimulada. Una mujer blanca suburbana comprando plátanos verdes y cilantro claramente no era lo usual.

El arroz se quemó por abajo y quedó crudo por arriba.

"Está bien," dijo Mateo diplomáticamente. "Solo necesita práctica."

Pero Simón fue más honesto: "Mami lo hace diferente. Ella le pone ajo y cebolla primero."

"¿Puedes enseñarme?" preguntó Darlene.

Y así, un niño de ocho años le enseñó a una mujer de 39 cómo hacer arroz. Parado en una silla para alcanzar la estufa, dirigiendo con la seriedad de un chef Michelin.

"Primero el aceite. No mucho. Ahora el ajo. Tiene que chisporrotear, pero no quemarse."

Era hermoso y desgarrador. Un niño preservando las recetas de su madre como si fueran oro.

El arroz quedó mejor. No como el de Rosa, pero comible. Se sentaron todos a la mesa - los Davis y los Ramírez mezclados, una familia accidental nacida de la tragedia.

"¿Podemos rezar?" preguntó Camila.

Darlene miró a Wayne. Ellos rezaban antes de comer, pero era una oración baptista sureña estándar. No sabía qué tipo de oración esperaba Camila.

"Claro, cariño. ¿Quieres dirigir?"

Camila juntó sus manitas. "Diosito, gracias por la comida. Por favor cuida a mami y papi donde estén. Diles que estamos bien para que no se preocupen. Y ayuda a la señora Darlene a hacer mejor arroz. Amén."

"Amén," murmuraron todos, algunos riendo através de las lágrimas.

Travis añadió: "Y trae de vuelta a los papás de Simón pronto. Porque lo extraño cuando está triste."

Darlene tuvo que levantarse de la mesa. Se excusó murmurando algo sobre revisar el postre, pero realmente necesitaba un momento para llorar en la despensa.

¿Cómo los niños podían ser tan puros? ¿Cómo podían mantener esperanza cuando los adultos la habían arquitectado fuera del sistema?

6. Visita nocturna

A las 10 PM, cuando los niños dormían, alguien tocó suavemente la puerta. Darlene miró por la mirilla para ver a una mujer latina, mayor, con una bolsa.

"Soy Carmen García. Del CPS. La que vino esta mañana."

Darlene abrió, confundida. "¿Pasa algo?"

"No estoy aquí oficialmente." García miró alrededor nerviosamente. "Pero necesitaba... ¿puedo entrar?"

En la sala, García sacó papeles de su bolsa. "Estos son ejemplos de aplicaciones exitosas de custodia. No debería darle esto, pero... esos niños. He visto demasiados separados. Si puedo ayudar a que tres hermanos se mantengan juntos..."

Darlene tomó los papeles con manos temblorosas. "¿Por qué arriesgaría su trabajo?"

García sonrió tristemente. "Porque hace veinte años, yo era Mateo. Mis padres deportados, yo tratando de cuidar a mis hermanos. Una trabajadora social rompió las reglas por nosotros. Ahora yo pago hacia adelante."

"¿Qué pasó con sus padres?"

"Nunca volvieron. Murieron en México esperando una visa que nunca llegó. Pero mis hermanos y yo nos mantuvimos juntos. Eso es lo que importa."

Revisaron los papeles juntas. García señalaba cada sección crucial, cada frase que podría marcar la diferencia entre aprobación y rechazo.

"Aquí, donde dice 'razón para custodia,' no pongan 'porque sus padres fueron deportados.' Pongan 'para mantener estabilidad educativa y continuidad de cuidado médico.' Suena menos político."

Era un lenguaje nuevo para Darlene. El lenguaje de navegar sistemas hostiles, de decir verdades de maneras que no ofendieran sensibilidades burocráticas.

"¿Y esto es legal? ¿Nosotros tomando custodia?"

"Es un área gris. Los niños son ciudadanos. Tienen derecho a permanecer en su país. Si adultos responsables están dispuestos a cuidarlos... es mejor que foster care."

"¿Pero sus padres? ¿No pierden derechos?"

"No si documentan todo correctamente. Necesitan poder notarial desde detención. Estoy trabajando para que lo permitan." García se levantó para irse. "Mi supervisora no puede saber que vine. Pero llámeme si necesita ayuda. No oficial. Solo... una madre latina ayudando a otra."

Después de que se fue, Darlene se quedó mirando los papeles. Ejemplos de vidas reducidas a formularios. Familias negociando su existencia en espacios burocráticos.

Wayne la encontró así, leyendo con lágrimas silenciosas.

"¿Qué es todo eso?"

"Instrucciones. Para mantener a los niños."

Se sentó junto a ella, pasando un brazo por sus hombros. "Lo lograremos. Costará lo que costará."

"Wayne... ¿y si es para siempre? ¿Y si Rosa y Alejandro no pueden volver?"

Él se quedó callado largo rato. "Entonces criamos seis hijos en lugar de dos."

"Hablas como si fuera simple."

"No es simple. Nada de esto es simple. Pero es correcto. Por primera vez en mucho tiempo, sé que estamos haciendo lo correcto."

7. Examen de conciencia

No pudo dormir esa noche. Se levantó a las 3 AM y fue a la cocina. Hizo té - el ritual calmante de agua hirviendo y bolsitas de té.

Desde la ventana podía ver la casa de los Ramírez, oscura y vacía. Habían vivido ahí tres años. Tres años de saludos corteses, de niños jugando juntos, de existencias paralelas que nunca se interceptaban realmente.

¿Cuántas señales había ignorado? Rosa llegando a casa exhausta después de dobles turnos. Alejandro trabajando en construcción a pesar de ser ingeniero. Los niños traduciendo para sus padres en reuniones escolares.

Había vivido en una burbuja de privilegio, creyendo que su amabilidad superficial era suficiente. Que no ser abiertamente hostil era lo mismo que ser aliada.

Pero la amabilidad sin acción era solo decoración.

Pensó en todas las veces que Wayne había hablado sobre "ilegales" en la mesa. Cómo ella había hecho muecas, pero nunca lo confrontó realmente. Cómo había permitido que esa retórica viviera en su hogar, sin pensar en los niños que la escuchaban, en los vecinos que la vivían.

El té se enfrió sin tocarlo.

A las 4 AM, Mateo apareció en la cocina. Se veía aún más joven en pijama, frotándose los ojos.

"No podía dormir," dijo.

"Yo tampoco. ¿Té?"

Asintió. Se sentaron en silencio mientras el agua hervía de nuevo. Dos personas que no deberían estar despiertas, unidas por insomnio y circunstancia.

"Señora Davis... ¿por qué nos está ayudando? La verdad."

Darlene consideró mentir. Dar una respuesta bonita sobre hacer lo correcto. Pero este niño había visto demasiado para cuentos de hadas.

"Porque me di cuenta muy tarde de que ustedes siempre fueron familia. Y me avergüenza haber necesitado una tragedia para verlo."

Mateo asintió como si eso tuviera sentido perfecto. "Mamá siempre dijo que la gente es buena por dentro. Solo que a veces toma tiempo salir."

"Tu mamá es sabia."

"Era maestra en Colombia. Enseñaba literatura. Aquí limpia baños."

El peso de esa pérdida cayó sobre Darlene. Cuánto talento desperdiciado. Cuántas contribuciones negadas por papeles y prejuicios.

"Lo siento," dijo, sabiendo que era inadecuado.

"No se disculpe. Solo... cuando vuelvan, ayúdeles a ser lo que son realmente. No solo sobrevivientes."

"Lo prometo."

Era otra promesa grande. Pero en la cocina a las 4 AM, con un niño que había envejecido demasiado rápido, era la única respuesta posible.

8. El séptimo día

Cuando Patricia Williams de CPS regresó con los papeles de custodia temporal, la casa estaba impecable. Nueva cama en el cuarto de huéspedes. Refrigerador lleno. Carpeta con todas las verificaciones completas.

Pero más importante, los niños se veían... esperanzados. Camila había decorado "su" lado del cuarto con dibujos. Simón había construido una ciudad de Legos con Travis. Mateo había organizado un rincón de estudio.

Pequeños actos de anidación. De atreverse a echar raíces nuevamente.

Williams revisó todo con eficiencia profesional. Pero Darlene notó pequeñas sonrisas cuando Camila le mostró su libro de memorias de mamá, cuando Simón explicó su sistema para compartir juguetes con Travis.

"Veo que se están adaptando," dijo Williams.

"Están siendo increíblemente valientes," respondió Darlene.

"Sí. Los niños siempre lo son. Son los adultos los que complicamos todo." Williams sacó los papeles finales. "Esto es custodia temporal de emergencia por 90 días. Renovable pendiente revisión del caso de los padres. Necesitarán un abogado de familia para hacerlo permanente si..."

"Cuando," corrigió Darlene. "Cuando sea necesario. Y ya tenemos uno."

Williams la estudió. "Señora Davis, voy a ser directa. Estos casos pueden durar años. He visto familias foster quemarse. Empezar con buenas intenciones y luego..."

"No somos foster. Somos familia."

"La familia se prueba en el tiempo, no en las crisis."

Era verdad. Pero Darlene había tomado su decisión. Wayne había tomado la suya. Incluso sus hijos habían elegido.

Firmó los papeles con mano firme. Wayne firmó después. Luego, sorprendentemente, Williams sacó otro documento.

"Mateo, como hermano mayor, también necesitas firmar. Aceptando esta ubicación temporal."

El chico tomó la pluma con gravedad. Por un momento, Darlene vio al hombre que se convertiría: responsable, protector, resiliente.

"¿Hay alguna manera de que podamos comunicarnos con sus padres?" preguntó después de firmar.

Williams suspiró. "Eso está fuera de mi jurisdicción. Pero..." escribió algo en un papel. "Este es el número de una organización que ayuda con comunicación entre detenidos y familias. No oficial. Pero he oído que ayudan."

Pequeños actos de rebelión. Pequeñas bondades que mantenían la humanidad en sistemas inhumanos.

Después de que Williams se fue, se sentaron todos en la sala. Seis personas que una semana atrás eran solo vecinos corteses. Ahora algo más. No quite familia tradicional, pero familia al fin.

"¿Qué pasa ahora?" preguntó Simón.

"Ahora," dijo Wayne, "vivimos. Un día a la vez. Juntos."

"¿Y mis papás?"

"Peleamos por ellos. Todos los días. Hasta que vuelvan."

Era lo único que podían prometer. Pelear. Esperar. Mantener el fuego del hogar encendido para cuando Rosa y Alejandro encontraran el camino de regreso.

9. Nueva normalidad

Esa noche, mientras preparaba la cena (intentando pozole de una receta que Rosa había garabateado apresuradamente), Darlene reflexionó sobre la semana.

Siete días atrás, su mayor preocupación era el grupo de estudio bíblico del miércoles. Ahora era tutora legal de tres niños, navegando sistemas que nunca supo que existían, peleando batallas que nunca imaginó pelear.

Siete días atrás, creía que su familia estaba completa. Ahora entendía que la familia no tiene límites fijos. Crece para acomodar el amor disponible.

Siete días atrás, era una buena persona que no hacía daño. Ahora entendía que no hacer daño no era suficiente. Que la bondad pasiva era complicidad con sistemas crueles.

El pozole no quedó perfecto. Pero los seis se sentaron a la mesa juntos, y eso era su propia forma de perfección.

"Mañana intento arepas," anunció Darlene.

"Yo ayudo," dijeron Camila y Simón al unísono.

Y así, plato por plato, día por día, construirían una nueva forma de ser familia. Una que honrara a los ausentes mientras cuidaba a los presentes. Una que cruzara las líneas que el mundo insistía en dibujar.

Porque al final, el amor no entiende de papeles.

Y la familia verdadera se prueba no en los buenos tiempos, sino en los momentos cuando el mundo intenta separarte.

En esos momentos, te aferras más fuerte.

Y no sueltas. Nunca sueltas.

Capítulo 13:
Puentes Invisibles
(Perspectiva de Mateo
Ramírez)

El peso de quince años

Mateo despertó en la casa de los Davis por octava vez, pero todavía tomaba tres segundos de desorientación antes de recordar por qué no estaba en su cama. Tres segundos de bendita ignorancia antes de que el peso de la realidad cayera sobre él como todas las mañanas desde que ICE se llevó a sus padres.

La cama era más suave que la suya. Las sábanas olían a suavizante caro, no al jabón barato que mamá compraba en el Dollar Store. Todo en esta casa era un poco mejor, un poco más suave, un poco más... americano.

Miró hacia la otra cama donde Simón dormía, acurrucado con Café, su oso. En el sueño, su hermano se veía como lo que era: un niño de ocho años. Despierto, trataba tanto de ser valiente que dolía verlo.

4:47 AM marcaba el reloj digital. Trece minutos antes de que sonara la alarma que había puesto. Se levantó de todos modos. Había aprendido en la última semana que las mañanas tempranas eran su único momento de soledad, de dejar caer la máscara de hermano mayor fuerte que usaba el resto del día.

Bajó las escaleras con cuidado, evitando el tercer escalón que chirriaba. En la cocina de los Davis todo tenía su lugar: las tazas colgadas en ganchos perfectos, las especias en frascos etiquetados, los platos apilados por tamaño. Tan diferente del caos organizado de su casa, donde mamá sabía exactamente dónde estaba todo aunque pareciera desorden.

Hizo café. Había aprendido a usar la máquina cara de los Davis, aunque extrañaba el café colombiano de la greca de su mamá, ese proceso lento de ver el agua burbujear, el aroma llenando la casa.

Con la taza humeante, sacó su libreta del morral. La misma donde dibujaba puentes, pero ahora también servía como diario, lista de tareas, recordatorio de todo lo que no podía olvidar.

Lunes 12 de mayo: - Llevar a Camila al doctor (2:30 PM - pedir permiso para salir de última clase) - Comprar leche y cereal (Simón solo come Lucky Charms ahora) - Llamar a Ana Castillo (abogada) sobre papeles de poder - Ayudar con tarea a ambos - Lavar uniformes de educación física - Sonreír

La última entrada la había añadido después de que Simón le dijera que se veía triste todo el tiempo. "Mamá siempre sonríe," había dicho su hermano. Así que ahora sonreír era otra tarea en la lista infinita de cosas que hacer para mantener a su familia flotando.

"Buenos días."

Mateo saltó, derramando café en su libreta. La señora Davis estaba en la puerta, también en bata, también con ojeras que el maquillaje no podría cubrir después.

"Lo siento, no quería despertarla."

"No lo hiciste. También soy madrugadora ahora." Se sirvió café de la jarra. "¿Cómo dormiste?"

"Bien," mintió automáticamente.

Darlene lo miró con esa expresión que las madres tienen cuando saben que mientes pero te dejan hacerlo. "¿Pesadillas otra vez?"

No pesadillas exactamente. Solo sueños donde llegaba a casa y sus papás estaban ahí, cocinando juntos, riendo. Despertar era la pesadilla.

"Un poco."

Se sentaron en silencio. Era extraño, esta nueva intimidad forzada. Hacía dos semanas, la señora Davis era solo la mamá de Travis y Savannah, una presencia amable pero distante. Ahora era su guardiana legal, la mujer que firmaba sus permisos escolares y compraba la marca incorrecta de pasta de dientes.

"Mateo... sé que esto es difícil. Que no soy... que no podemos reemplazar a tus padres."

"Nadie espera eso," dijo rápidamente. Demasiado rápido.

"Pero quiero que sepas que estamos aquí. Para lo que sea. No solo por obligación o lástima. Porque son familia."

La palabra todavía se sentía frágil, como un puente de papel que todos pretendían que podía sostener peso real.

"Gracias."

"¿Hay algo especial que deba saber para hoy? ¿Citas, necesidades?"

Mateo consultó su lista. "Camila tiene cita con el doctor a las 2:30. Para renovar su receta de asma."

"Yo puedo llevarla..."

"No." La palabra salió más fuerte de lo que pretendía. "Yo... yo necesito hacerlo. Mamá siempre me llevaba a las citas cuando ella no podía ir. Sé qué preguntar, qué decir."

Darlene asintió. "Claro. Escribiré una nota para la escuela."

Otro silencio. Afuera, los pájaros empezaban su coro matutino, ajenos a los dramas humanos.

"¿Has sabido algo?" preguntó Darlene suavemente.

"La abogada dice que mamá tiene audiencia el viernes. Pero papá... no hay fecha todavía. Diferentes jueces, diferentes calendarios."

"Iremos a la audiencia."

"Los niños no pueden entrar. Solo mayores de 18."

"Entonces esperaremos afuera. Para que sepa que estamos ahí."

Mateo sintió algo quebrarse en su pecho. Esta mujer que semanas atrás apenas los conocía, ofreciendo presencia donde no podía ofrecer soluciones.

2. Equilibrio imposible

La escuela era una tortura diferente cada día. Antes, Mateo era invisible de la mejor manera: otro nerd en clases avanzadas, dibujando en los márgenes, sacando A's sin esfuerzo. Ahora era "el chico cuyos papás deportaron." Los susurros lo seguían por los pasillos como un perfume barato.

En su casillero encontró otro papel doblado. Los había estado recibiendo toda la semana. Algunos de apoyo ("Lo siento mucho, esto no es justo"), otros no tanto ("Por eso hay que construir el muro").

Este era diferente. Un dibujo. Un puente conectando dos orillas, con figuras pequeñas cruzando. Al fondo, reconoció su propio estilo. Alguien había estado guardando sus dibujos botados.

"Pensé que necesitabas recordar."

Savannah estaba detrás de él, mordiéndose el labio de esa manera que hacía cuando estaba nerviosa.

"¿Tú has estado...?"

"Recogiendo tus dibujos, sí. Los tiras cuando crees que no son perfectos. Pero son... son importantes. Son registros."

"¿Registros de qué?"

"De que sigues aquí. De que sigues construyendo, aunque todo se esté cayendo."

Mateo miró el dibujo de nuevo. Era de hacía meses, cuando construir puentes era una metáfora bonita, no una necesidad desesperada.

"Gracias."

"¿Cómo está Camila?"

"Bien. Dibuja mucho. Dice que así mamá puede ver lo que hacemos, através de los dibujos."

"Los niños entienden magia que nosotros olvidamos."

El pasillo se estaba llenando. Otros estudiantes pasaban, algunos mirando con curiosidad, otros con lástima. Mateo odiaba ambas.

"Tengo que ir a clase."

"Mateo." Savannah tocó su brazo suavemente. "No tienes que ser fuerte todo el tiempo. No conmigo."

Pero sí tenía. Si dejaba de ser fuerte un segundo, se derrumbaría completamente. Y no podía darse ese lujo. No con Simón y Camila dependiendo de él.

En física, mientras el Sr. Rodriguez explicaba vectores y fuerzas, Mateo hacía otros cálculos. Cuánto durarían los ahorros de emergencia que había encontrado en el cajón de mamá. Cuántas horas podría trabajar sin que afectara la escuela. Cuánto costaría un abogado decente versus uno barato.

"Señor Ramírez, ¿puede resolver el problema en la pizarra?"

Mateo miró hacia arriba. No había escuchado nada de la clase. Pero miró el problema - fuerzas opuestas actuando sobre un objeto - y casi rió por la ironía.

Se levantó y resolvió el problema mecánicamente. Fuerzas, vectores, equilibrio. Si tan solo la vida real tuviera soluciones tan limpias.

"Excelente," dijo Rodriguez, pero con esa voz suave que todos usaban con él ahora. La voz de "pobre niño con padres deportados."

A la hora del almuerzo, no fue a la cafetería. En lugar de eso, fue a la biblioteca y usó la computadora para investigar. Leyes de inmigración. Precedentes. Casos similares.

Todo era un laberinto de términos legales y callejones sin salida. "Entrada sin inspección." "No hay path to legalization." "Prohibición de diez años."

Diez años. Camila tendría dieciséis. Simón dieciocho. Él estaría en la universidad... o trabajando para mantenerlos.

"¿Investigando?"

La bibliotecaria, Mrs. Chen, puso una pila de libros en su mesa. "Pensé que estos podrían ayudar."

Eran libros de leyes, pero también memorias. "Enrique's Journey." "The Distance Between Us." Historias de separación y reunificación. O no reunificación.

"No estás solo," dijo Mrs. Chen suavemente. "Mi familia... nosotros también conocemos la espera."

Era lo más personal que cualquier adulto en la escuela había sido con él.

3. Responsabilidades multiplicadas

A las 2:15, Mateo pidió permiso para salir. La secretaria ni siquiera preguntó por qué. Todos sabían su situación.

Camila lo esperaba en la oficina de la primaria, columpiando sus piernas en la silla demasiado alta. Se veía aún más pequeña rodeada de pósters motivacionales y trabajos estudiantiles.

"¡Mateo!" Corrió hacia él. "¿Vamos a ver a mamá?"

"No, mi amor. Vamos al doctor. Para tu medicina."

Su carita cayó. "Oh."

Cada vez que salían, esperaba noticias de sus papás. Cada vez, Mateo tenía que romperle el corazón de nuevo.

El consultorio del Dr. Patel estaba a veinte minutos en autobús. Camila se sentó junto a él, dibujando en una libreta que Savannah le había dado.

"¿Qué dibujas?"

"Nuestra casa. Pero con alas. Para que pueda volar a donde están mami y papi."

"Qué bonito."

"¿Tú crees que me recuerdan?"

La pregunta lo golpeó como un puñetazo. "Por supuesto que sí. Piensan en ti todo el día."

"¿Cómo sabes?"

"Porque es lo que hacen los papás. Pensar en sus hijos. Siempre."

No mencionó sus propios miedos. Que en las celdas de detención no había fotos. Que los recuerdos se desvanecían sin anclas visuales. Que mamá y papá estaban perdiendo pedazos de ellos cada día.

En el consultorio, Mateo manejó todo. Formularios, seguros, explicaciones. La recepcionista lo miraba con esa mezcla de respeto y lástima que estaba empezando a odiar.

"Eres muy responsable para tu edad," dijo mientras procesaba el copago.

No tuve opción, pensó, pero sonrió y asintió. Sonreír estaba en la lista.

El Dr. Patel examinó a Camila con cuidado extra, haciendo preguntas que iban más allá del asma.

"¿Duerme bien? ¿Come normal? ¿Algún cambio de comportamiento?"

Mateo tradujo las respuestas de Camila, editando. No mencionó las pesadillas. Los dibujos cada vez más oscuros. Los momentos donde se quedaba mirando al vacío.

"Su situación familiar... ¿hay apoyo?" preguntó el doctor en voz baja mientras Camila jugaba con los juguetes de la oficina.

"Estamos con una familia. Están ayudando."

"Bien. Pero si necesitan... hay recursos. Terapia para niños en situaciones traumáticas."

Situaciones traumáticas. Como si fuera un terremoto o incendio. No políticas diseñadas para causar exactamente este trauma.

4. Cena de verdades

De vuelta en casa de los Davis, Mateo ayudó con la cena. Darlene había comprado ingredientes para tacos, "para que se sientan más en casa." El gesto era amable, aunque mal informado - su familia rara vez comía tacos mexicanos. Pero Mateo apreciaba el esfuerzo.

"Deja que yo cocine la carne," ofreció. "Sé cómo le gusta a Simón."

Cocinar era meditación. Picar cebolla (llorando por razones aceptables), dorar la carne (controlando algo), sazonar (manteniendo tradiciones vivas). Mamá le había enseñado no solo recetas sino el arte de alimentar a una familia.

Wayne llegó del trabajo sucio y cansado. Se había estado quedando hasta tarde en las obras, cubriendo el trabajo que Alejandro hacía. Sin mencionar que también había perdido a otros tres trabajadores que no pasaron E-Verify después de la redada.

"Huele bien," dijo, pero su sonrisa no llegaba a los ojos.

La culpa lo estaba comiendo vivo, Mateo podía verlo. Este hombre que había votado por políticas duras de inmigración ahora vivía las consecuencias en su propia casa.

Durante la cena, intentaron normalidad. Travis contaba chistes malos. Savannah hablaba de un proyecto de arte. Los adultos preguntaban sobre escuela y tareas. Pero era como una obra de teatro donde todos habían olvidado algunas líneas.

"¿Podemos llamar a mamá?" preguntó Simón de repente.

El silencio cayó como una manta.

"Las llamadas son los jueves," dijo Mateo suavemente. "Pasado mañana."

"¿Por qué no todos los días?"

"Porque... porque hay reglas."

"Las reglas son estúpidas." Simón empujó su plato. "Todo esto es estúpido."

"Simón..." empezó Darlene.

197

"¡No!" Se levantó de la mesa. "¡Quiero mi casa! ¡Quiero mi cama! ¡Quiero a mi mamá!"

Y corrió escaleras arriba. El portazo resonó por toda la casa.

Mateo empezó a levantarse, pero Wayne lo detuvo. "Déjalo desahogarse. Tiene derecho."

"No le gusta estar enojado," dijo Camila en voz pequeña. "Dice que los superhéroes no se enojan."

"A veces los superhéroes también necesitan enojarse," dijo Savannah. "Es lo que los hace humanos."

5. Confesiones nocturnas

Más tarde, Mateo encontró a Simón en el closet del cuarto, abrazando a Café y llorando silenciosamente.

"Hey," dijo suavemente, sentándose en el piso junto a él. "¿Quieres hablar?"

"No quiero ser malo," sollozó Simón. "Pero estoy enojado todo el tiempo."

"Yo también."

Simón lo miró sorprendido. "¿Tú?"

"Sí. Enojado con ICE. Con el gobierno. Con papá por no tener papeles correctos. Con mamá por traernos aquí. Contigo y Camila por necesitarme. Conmigo por no ser suficiente."

Era la primera vez que admitía todo eso en voz alta. Se sintió como vomitar veneno.

"¿Con nosotros?" La voz de Simón era diminuta.

"A veces. Pero eso no significa que no los ame. Puedes estar enojado con alguien y amarlo al mismo tiempo."

"¿Mamá está enojada con nosotros?"

"No. Mamá está probablemente enojada con ella misma por no estar aquí. Pero nunca con nosotros."

Se quedaron sentados en el closet, dos hermanos escondidos del mundo. Afuera podían escuchar a Travis jugando videojuegos, la normalidad de otros burlándose de ellos.

"Mateo... ¿y si no vuelven?"

Era la pregunta que ninguno había hecho en voz alta. La posibilidad impensable.

"No sé," admitió Mateo. "Pero nosotros seguimos siendo familia. Tú, yo y Camila. Pase lo que pase."

"¿Promesa?"

"Promesa de hermanos."

Hicieron su saludo secreto, el que habían inventado años atrás. Algunos rituales sobreviven cualquier tormenta.

6. Puentes nocturnos

Después de acostar a sus hermanos (rutina sagrada: dientes, pijamas, cuentos, besos, luces), Mateo se sentó en el escritorio prestado con su libreta.

Pero en lugar de listas o tareas, dibujó.

Un puente. Siempre puentes. Pero este era diferente. No conectaba dos orillas sólidas. Se extendía de una orilla hacia la niebla, sin destino visible. Figuras pequeñas lo construían mientras lo cruzaban, añadiendo tablones bajo sus pies.

"¿Puedo entrar?"

Savannah estaba en la puerta, también en pijama, con dos tazas de chocolate caliente.

"Es tu casa."

"Es nuestra casa ahora." Se sentó en la cama de Simón, extendiéndole una taza. "¿Nuevo diseño?"

"Algo así." Le mostró el dibujo. "Es un puente que se construye mientras lo cruzas. No sabes dónde termina."

"Como la vida."

"Como la vida sin papeles. Nunca sabes si el siguiente paso va a estar ahí."

Bebieron chocolate en silencio. Era reconfortante, esta nueva amistad forjada en crisis. Savannah entendía de maneras que otros adolescentes no podían.

"Mi mamá está aprendiendo español," dijo ella de repente.

"¿En serio?"

"Duolingo a las 5 AM. La escucho repitiendo frases. 'Dónde está la biblioteca' y cosas así. Creo que quiere poder hablar con tus papás cuando vuelvan."

Cuando. No si. Mateo apreciaba el optimismo obstinado.

"¿Crees que van a volver?"

Savannah lo pensó, que era otra cosa que apreciaba. No daba respuestas fáciles.

"No sé. Pero creo que si no vuelven, encontraremos la manera de ir a ellos. De construir ese puente desde ambos lados."

"¿Irías a Colombia?"

"Iría a donde fuera para mantener a nuestra familia junta."

Nuestra familia. Las palabras se asentaron entre ellos, sólidas y verdaderas.

"Gracias," dijo Mateo. "Por todo. Los dibujos, el chocolate, por... por verme."

"Siempre te vi. Solo que antes no sabía qué estaba viendo."

Se fue poco después, dejando a Mateo con su puente a medio dibujar. Lo contempló por un largo rato, luego añadió más detalles. Personas pasando materiales. Manos ayudando a otros a subir. Una red de seguridad tejida bajo todo, por si alguien caía.

Porque eso era su vida ahora. Construir mientras caminaba. Sin garantías de destino, solo la fe de que el siguiente tablón aparecería.

Y tal vez, solo tal vez, eso era suficiente.

7. Estrategias de supervivencia

A las 2 AM, Mateo seguía despierto. Había descubierto que su cuerpo había ajustado al horario de preocupación: dormir de 10 PM a 2 AM, despertar a planear y angustiarse hasta las 5, luego una hora más de sueño antes de empezar el día.

Sacó su teléfono y abrió el grupo de WhatsApp que había encontrado: "Hijos de Deportados - Apoyo". Había cientos como él, adolescentes sosteniendo familias rotas, compartiendo consejos de supervivencia.

"¿Alguien sabe cómo renovar Medicaid sin firma de padres?"

"Mi hermana necesita permiso para excursión escolar. ¿Carta notarizada sirve desde detención?"

"Tres meses sin ver a mamá. ¿Se hace más fácil?"

A la última pregunta, alguien respondió: *"No más fácil. Solo aprendes a cargar el peso mejor."*

Mateo escribió su propia pregunta: *"¿Cómo mantienes esperanza cuando el sistema está diseñado para romperte?"*

Las respuestas llegaron rápidamente, adolescentes insomnes unidos por dolor compartido:

"Un día a la vez."

"Por los hermanos pequeños."

JUAN C. RIBOT GUZMÁN

"Porque rendirse es dejarlos ganar."

"Porque nuestros padres no cruzaron desiertos para que nos rindamos ahora."

Alguien compartió un link a recursos legales. Otro ofreció traducir documentos. Una chica en Houston dijo que su mamá era abogada y daba consultas gratis los sábados.

Era hermoso y desgarrador. Niños criando niños, construyendo redes de apoyo donde el gobierno había creado vacíos.

8. Carta sin enviar

Mateo abrió un documento nuevo en su laptop. Había estado escribiendo cartas a sus padres que no podía enviar, pero necesitaba sacar las palabras de alguna manera.

Queridos Mamá y Papá:

Hoy Camila preguntó si la recordaban. Le dije que sí, pero la verdad es que tengo miedo de que los detalles se les escapen. Así que aquí van:

Camila ahora dice "actually" antes de corregir a alguien, como una pequeña profesora. Dibuja mariposas en todo - sus cuadernos, la mesa (sorry), hasta en el vapor del espejo del baño. Ha crecido dos centímetros. Los Davis compraron ropa nueva, pero guarda su vestido favorito, el morado con flores, aunque ya le queda chico.

Simón construyó una ciudad entera de Legos en el cuarto. Dice que es Nueva Kenner, donde las familias no se separan. Tiene una cárcel para los agentes de ICE (sus palabras, no mías). Ya lee libros de capítulos solo. Escoge tu lado de la cama para dormir porque dice que huele a ti, Papá.

Yo... no sé qué decir de mí. Saco buenas notas. Cuido a los niños. Sonrío cuando debo. Dibujo puentes que no van a ningún lado.

Sé que están peleando por volver. Nosotros peleamos por esperarlos. Los Davis son buenos con nosotros. Diferentes, pero buenos. Darlene intenta cocinar colombiano. Es terrible, pero lo comemos igual. Wayne mira las noticias de inmigración obsesivamente, como si pudiera encontrar la laguna legal que los traiga de vuelta.

Savannah es... es mi amiga. La única que no me trata como víctima. Me recuerda que sigo siendo yo, no solo "el hijo de los deportados."

Los extraños tanto que duele físicamente. Pero seguimos aquí. Seguimos siendo su familia. Seguimos esperando.

No sé si Dios recibe emails, pero por si acaso: cuídenlos. Y si pueden, mándenles, nuestro amor a través de las paredes, las rejas, las fronteras.

Su hijo que los ama, Mateo

PD: Estoy usando tu técnica para el arroz, Ma. Ajo primero, luego la cebolla. Sale mejor.

Guardó el documento en una carpeta llamada "Para Después." Ya tenía docenas de cartas ahí. Un registro de días sobrevividos, pequeñas victorias, grandes miedos.

Algún día se las daría. Cuando volvieran.

Porque tenían que volver.

¿Verdad?

9. Amanecer y resolución

A las 5:30, Mateo bajó a hacer café de nuevo. Pero esta vez Wayne ya estaba ahí, mirando papeles esparcidos en la mesa.

"Buenos días," dijo Mateo cautelosamente.

"Mateo. Bien, necesito hablar contigo." Wayne se veía terrible, como si no hubiera dormido. "Estoy vendiendo la empresa."

"¿Qué? ¿Por qué?"

"Porque el dinero de la venta puede pagar los mejores abogados de inmigración del país. Porque puedo conseguir trabajo en otro lado, pero tus padres solo tienen una chance."

Mateo se sentó pesadamente. "No puede hacer eso. Es su vida."

"No. Mi vida está durmiendo arriba. Mi vida está sentada frente a mí. Las empresas se reconstruyen. Las familias no."

"Papá no querría..."

"Tu papá salvó mi negocio más veces de las que puedo contar. Me enseñó que los puentes más fuertes son los que no se ven." Wayne lo miró directamente. "Déjame ser el puente ahora."

Mateo sintió lágrimas que no podía derramar. No a las 5:30 AM. No cuando tenía que ser fuerte en dos horas.

"No sé qué decir."

"No digas nada. Solo... cuando sean las 10 PM y estés haciendo la tarea de Simón después de cocinar y limpiar y ser padre a los catorce... recuerda que no estás solo. Que hay adultos peleando por ustedes. Que no todo el peso es tuyo."

Era permiso para ser niño, aunque fuera por momentos. Mateo no sabía qué hacer con eso.

"Hay otra cosa," continuó Wayne. "Darlene y yo... queremos hacer la custodia permanente. No porque creamos que tus padres no volverán. Sino para darles estabilidad mientras peleamos. Para que nadie pueda separarlos. ¿Está bien?"

¿Estaba bien? Era admitir que esto podría durar años. Era anclar su vida a esta familia que apenas conocían. Era otro puente construyéndose en la niebla.

"Sí," dijo finalmente. "Está bien."

Wayne asintió. Volvieron a sus cafés y papeles, dos hombres que no deberían tener que tomar estas decisiones, tomándolas de todos modos.

Porque eso es lo que haces cuando el mundo te quita opciones.

Construyes con lo que tienes.

Un tablón a la vez.

Un día a la vez.

Un acto de amor disfrazado de supervivencia a la vez.

Y esperas que el puente aguante hasta que puedas ver la otra orilla.

Capítulo 14:
Cada Quien Con Su Lucha
(Perspectiva de Alejandro
Ramírez)

Hermandad del encierro

El Centro de Detención Pine Prairie olía a desesperanza industrial. Era un olor específico: cloro barato mezclado con sudor de ansiedad, comida recalentada y ese aroma particular del miedo institucionalizado. Alejandro había estado respirándolo durante nueve días, y todavía le provocaba náuseas cada mañana.

Eran las 5 AM y ya estaba despierto. No por disciplina sino por el coro de pesadillas ajenas: alguien llorando en la litera de abajo, otro murmurando oraciones en k'iche', un tercero golpeando la pared rítmicamente como si pudiera derribarla con insistencia.

"¿No duermes, ingeniero?"

La voz venía de la litera contigua. Raúl, salvadoreño, llevaba tres meses esperando audiencia. Le decían "el Poeta" porque escribía versos en cualquier pedazo de papel que encontrara.

"Los ingenieros calculamos hasta el sueño," respondió Alejandro. "Y aquí los números no cuadran."

Raúl sonrió con amargura. "Aquí nada cuadra, hermano. Por eso escribo poesía. Los versos no necesitan lógica."

Era mentira, por supuesto. Alejandro había visto los poemas de Raúl. Tenían la lógica brutal de la verdad, la matemática precisa del dolor destilado en palabras.

Se levantó de la litera, sintiendo cada uno de sus 41 años en las articulaciones. El colchón delgado no perdonaba, y su espalda -esa espalda que había cargado vigas, cemento, los sueños de su familia- protestaba cada movimiento.

En el baño comunal, se miró en el espejo de metal. No era un reflejo real, más una aproximación distorsionada. Apropiado. Aquí todos eran versiones distorsionadas de sí mismos.

Se lavó la cara con agua fría. No había agua caliente. Otro cálculo de crueldad: no suficiente para matarte, justo lo necesario para recordarte que no mereces comodidad.

2. Economía de favores

El desayuno era a las 6 AM. Avena que parecía engrudo, pan que sabía a cartón, jugo que era agua con colorante. Alejandro comía mecánicamente, no por hambre sino por hábito. El cuerpo necesitaba combustible, incluso aquí.

"Ingeniero, ¿puedes revisar esto?"

Miguel, mexicano de Oaxaca, le extendió un papel. Era una carta para el juez, escrita con letra temblorosa.

207

"¿Tu abogado la revisó?" preguntó Alejandro.

"¿Cuál abogado? Esto lo escribí yo con ayuda del diccionario."

Alejandro tomó el papel. La carta era un desastre gramatical, pero el dolor era gramáticamente perfecto. Un hombre rogando por ver a su hija antes de que olvidara su cara.

"Déjame ayudarte," dijo, sacando el lápiz de golf que había conseguido intercambiando su postre por una semana.

Reescribió la carta, manteniendo el corazón, pero corrigiendo la forma. Había aprendido que aquí su verdadero valor no era su ingeniería sino su educación. Podía traducir dolor en lenguaje legal, desesperación en párrafos que un juez tal vez leería.

"Gracias, ingeniero. Te debo una."

"No me debes nada. Hoy por ti, mañana por mí."

Era el lema no oficial del centro. Una economía de favores donde la moneda era esperanza compartida.

Jorge, guatemalteco que había sido maestro, traducía para los que no hablaban inglés. Carlos, hondureño mecánico, arreglaba cualquier cosa a cambio de minutos de teléfono. David, mexicano que había sido enfermero, diagnosticaba males que la enfermería ignoraba.

Profesionales reducidos a números de registro, reconstruyendo dignidad en actos pequeños de servicio mutuo.

3. La llamada

A las 10 AM lo llamaron por el intercomunicador. "Ramírez, Alejandro. Teléfono."

El corazón se le aceleró. Las llamadas no programadas significaban noticias. Buenas o malas, pero noticias al fin.

El teléfono era el mismo azul institucional de todos los teléfonos de detención. Como si hubieran comprado al por mayor en la tienda de "Decoración para Lugares de Sufrimiento."

"¿Aló?"

"¿Alejandro? Soy Ana Castillo, su abogada."

Su abogada. Todavía sonaba irreal. Wayne había conseguido -y pagado- representación legal real.

"¿Qué noticias tiene?"

"Su audiencia está programada para el 28 de mayo. Dos semanas. Voy a presentar una moción para cancelación de remoción basada en extrema dificultad para sus hijos ciudadanos."

"¿Funcionará?"

Pausa. Los abogados odiaban dar esperanzas que no podían garantizar.

"Es... complicado. Usted entró sin inspección. No hay perdón para eso. Pero el hecho de que sus hijos son ciudadanos, que usted ha pagado impuestos, que no tiene récord criminal... ayuda."

"¿Cuánto ayuda?"

"Honestamente? Es 50/50. Depende del juez, del día, de factores que no podemos controlar."

50/50. Probabilidades de moneda al aire para su vida entera.

"¿Y Rosa?"

"Su caso es similar. Mismos argumentos. Su audiencia es este viernes."

"¿Puedo verla?"

"Están trabajando para autorizar una visita. Es complicado porque están en diferentes facilidades."

Todo era complicado. La crueldad simple disfrazada de procedimiento complejo.

"¿Mis hijos?"

"Están bien. Con los Davis. Van a la escuela, están seguros."

Seguros. Pero ¿estaban bien? ¿Cómo podían estar bien sin sus padres?

"Dígales que los amo. Que pienso en ellos cada segundo."

"Se lo diré. Alejandro... sé que es difícil, pero mantenga la esperanza. Estamos peleando."

La llamada terminó. Tres minutos que tendrían que sostenerlo por días.

4. Trabajo forzado

Después del almuerzo -espagueti que sabía a resignación- era hora de trabajo. El centro operaba un programa de "trabajo voluntario" que pagaba un dólar por día. Voluntario como todo aquí: técnicamente opcional, prácticamente obligatorio si querías llamar a tu familia.

Alejandro trabajaba en mantenimiento. Ironía sobre ironía: el ingeniero que construyó puentes ahora arreglaba inodoros en su propia prisión.

"Ramírez, el baño del ala B está tapado otra vez."

El guardia, Johnson, no era cruel exactamente. Solo indiferente, que a veces dolía más. Te trataba como si fueras un problema logístico, no una persona.

Alejandro tomó las herramientas -un desatascador y una llave inglesa que parecían reliquias de otra era- y fue al ala B. El baño era un desastre predecible. Demasiados hombres, sistema viejo, mantenimiento mínimo.

Mientras trabajaba, pensó en el Puente Magdalena. En cómo habían calculado cada tensor, cada viga, para soportar no solo peso sino tiempo. Un puente construido para durar generaciones.

¿Duraría él? ¿Soportaría su familia su ausencia?

"Oye, ingeniero."

Era Luis, un joven mexicano que no tendría más de 19 años. Había cruzado por primera vez hace un mes, atrapado casi inmediatamente.

"¿Qué pasa, Luis?"

"¿Es verdad que construiste puentes?"

"Sí."

"¿Grandes?"

"Uno fue bastante grande. En Colombia."

Luis se quedó callado un momento, luego: "¿Crees que podrías enseñarme? Digo, no a construir puentes de verdad. Pero... algo. Para cuando salga."

Alejandro lo miró. Vio esperanza todavía no aplastada por el sistema. Vio a su propio hijo en unos años.

"Claro. ¿Sabes matemáticas?"

"Algo."

"Empezamos con eso. Los puentes son matemática pura."

Y así, entre el olor a cloro y desesperación, Alejandro empezó a enseñar. Física básica en las márgenes de periódicos viejos. Cálculo de fuerzas en servilletas.

Era absurdo. Era hermoso. Era resistencia.

5. Iglesia de concreto

Los domingos había servicio religioso. Multidenominacional, que significaba genéricamente cristiano con sabor a sufrimiento. Alejandro no era particularmente religioso, pero iba. Todos iban. Era una hora fuera de las celdas, una hora donde podías fingir que estabas en otro lugar.

El capellán era un hombre negro mayor llamado reverendo Williams. Tenía esa voz que los predicadores sureños perfeccionan: grave como el trueno, suave como la lluvia.

"Hermanos," empezó, "sé que muchos sienten que Dios los ha abandonado. Que están en el vientre de la ballena como Jonás."

Murmullos de asentimiento. Todos se sentían tragados por algo más grande que ellos.

"Pero recuerden: Jonás fue vomitado en la playa. Su tiempo en la oscuridad tuvo propósito."

"¿Cuál es nuestro propósito aquí?" gritó alguien desde atrás. "¿Sufrir?"

Williams no se inmutó. Había escuchado peores interrupciones.

"Tal vez el propósito es encontrar hermandad. Tal vez es aprender que las fronteras que dividen a los hombres son mentiras. Miren alrededor. Mexicanos, salvadoreños, hondureños, guatemaltecos. Aquí son solo hermanos en el sufrimiento."

Era verdad, pensó Alejandro. Afuera, tal vez hubieran sido rivales, separados por nacionalismos pequeños. Aquí, la única nación era la supervivencia.

"Oremos," dijo Williams.

Alejandro inclinó la cabeza, no por fe sino por respeto al ritual. Las palabras de la oración se mezclaron con sus propios pensamientos.

Dios, si existes, cuida a mis hijos. No me importa lo que pase conmigo. Solo que ellos estén bien. Que Rosa esté bien. Que esta separación tenga sentido algún día.

"Amén," dijeron todos.

Después del servicio, Williams se acercó a él.

"Usted es el ingeniero, ¿verdad?"

"Sí."

"He escuchado que enseña a los jóvenes."

"Trato de mantenerlos ocupados."

Williams sonrió. "El conocimiento es un regalo que nadie puede quitarnos. Ni siquiera aquí."

Le dio un pequeño libro. "Para sus clases."

Era un texto de física básica, gastado y subrayado. Un tesoro en este lugar donde los libros eran más raros que la compasión.

"Gracias, reverendo."

"No me agradezca. Solo úselo bien."

6. Noticias fragmentadas

Esa noche, Raúl compartió información que había conseguido del primo de alguien que trabajaba en la cocina del lado de mujeres.

"Tu esposa está bien. La vieron en el patio. Se mantiene fuerte."

Era información de tercera mano, filtrada a través de una red de comunicación que haría envidiar a espías profesionales. Pero era algo.

"¿Algún detalle?"

"Dice que ayuda a otras con papeles. Que las mujeres la respetan."

Por supuesto. Rosa siempre encontraba manera de servir, de mantener dignidad através del servicio.

"Gracias por averiguar."

"De nada, ingeniero. Oye, escribí algo nuevo. ¿Quieres escuchar?"

Alejandro asintió. En la oscuridad de la celda, con veinte hombres tratando de dormir alrededor, Raúl recitó en voz baja:

"Somos los hijos que América no quiere, Los que construimos sus casas con manos prestadas. Somos la cosecha que no pueden digerir, El espejo

donde no quieren mirarse. Pero aquí, entre rejas que no construimos, Somos más libres que los que nos encierran. Porque sabemos quiénes somos: Soñadores en el vientre de la pesadilla."

Silencio. Luego, desde algún lugar en la oscuridad, alguien aplaudió despacio. Otros se unieron.

"Está bueno," dijo Alejandro. "Doloroso pero bueno."

"Como la vida, ¿no?"

Como la vida.

7. Cálculos nocturnos

A las 2 AM, Alejandro hacía cálculos mentales. No de ingeniería sino de vida.

Si lo deportaban, ¿cuánto costaría mantener a la familia desde Colombia? ¿Podría conseguir trabajo allá después de 16 años? ¿Sus títulos todavía valdrían algo?

Si Rosa se quedaba y él se iba, ¿cómo manejarían los niños esa división? ¿Era mejor que ambos fueran deportados para mantener alguna unidad?

Si ambos se iban, ¿los Davis realmente cuidarían a sus hijos? ¿Por cuánto tiempo? ¿Hasta que Mateo cumpliera 18? ¿Y luego qué?

Cada escenario era un problema de ingeniería sin solución limpia. Demasiadas variables, muy pocas constantes.

La única constante era el amor. Pero el amor no pagaba renta ni compraba comida ni reemplazaba padres.

"¿Calculando otra vez?" susurró Raúl.

"Siempre."

"¿Sabes cuál es tu problema, ingeniero? Crees que la vida es un puente que puedes diseñar. Pero a veces es un río que solo puedes navegar."

"Los ríos necesitan puentes."

"O barcos. O fe para caminar sobre el agua."

"No tengo tanta fe."

"Entonces construye el barco. Tabla por tabla. Como enseñas a Luis. Como escribes cartas para Miguel. Como mantienes esperanza cuando no hay razón."

Era un poeta después de todo. Encontraba verdad en metáforas que los cálculos no alcanzaban.

8. Amanecer

A las 5 AM del décimo día, Alejandro estaba despierto otra vez. Pero esta vez no por pesadillas. Por determinación.

Se levantó y empezó su rutina de ejercicios. Flexiones, sentadillas, lo que se pudiera hacer en dos metros cuadrados. El cuerpo era lo único que todavía controlaba completamente.

Mientras se ejercitaba, planeó el día. Terminar la lección de física para Luis. Escribir dos cartas más para otros detenidos. Arreglar el lavabo del ala C que llevaba goteando una semana.

Pequeños actos. Pequeñas resistencias. Pequeños puentes sobre el abismo de la desesperación.

Porque eso era sobrevivir aquí. No grandes gestos heroicos sino la acumulación de momentos donde elegías seguir siendo humano.

Donde elegías seguir siendo padre, aunque no pudieras abrazar a tus hijos.

Donde elegías seguir siendo esposo, aunque no pudieras proteger a tu esposa.

Donde elegías seguir siendo ingeniero, aunque solo construyeras esperanza.

La luz del amanecer empezó a filtrarse por las ventanas altas y estrechas. Otro día en el limbo. Otro día robado a su vida.

Pero también otro día más cerca de la audiencia. Otro día que sus hijos estaban seguros. Otro día para demostrar que ni muros ni rejas podían contener lo que realmente importaba.

"Buenos días, ingeniero," dijo alguien.

"Buenos días," respondió.

Y se preparó para enfrentar otro día de su lucha particular. La lucha de mantener el alma intacta en un lugar diseñado para romperla.

Cada quien con su lucha.

La de él era recordar que los puentes más importantes son los que construyes en tu interior.

Los que te conectan con quienes amas através de cualquier distancia.

Los que nadie puede deportar.

Capítulo 15:
La Grieta Necesaria
(Perspectiva de Wayne
Davis)

Destrucción constructiva

Después de años como capataz, había construido Davis Construction desde cero. Wayne firmó los papeles con mano firme, pero por dentro temblaba como una hoja. Quince años construyendo Davis Construction, y ahora la vendía con tres firmas y un apretón de manos.

"¿Está seguro?" preguntó Jim Harrison, su abogado desde hacía dos décadas. "Es un precio justo, pero una vez que firme..."

"Estoy seguro."

No lo estaba. Pero la certeza era un lujo que ya no podía permitirse. Desde aquella mañana cuando vio a ICE llevarse a Alejandro y Rosa, nada había sido seguro.

El comprador, una corporación de Dallas, prometió mantener a los empleados actuales. Wayne no les dijo que la mitad de esos empleados habían desaparecido después de la redada, reemplazados por trabajadores nuevos que cobraban el doble y rendían la mitad.

"El dinero estará en su cuenta el lunes," dijo el representante corporativo, un hombre joven con traje que costaba más que lo que Alejandro ganaba en un mes.

Alejandro.

Todo volvía a Alejandro. El mejor trabajador que había tenido. El hombre que había salvado del desatascador de ICE solo para verlo caer en sus redes semanas después. El padre de los niños que ahora dormían en su casa.

Wayne salió de la oficina del abogado sintiéndose vacío. Davis Construction ya no era Davis. Era solo otra subsidiaria de una corporación sin rostro. Pero el cheque que recibiría... ese cheque podría significar la diferencia entre deportación y reunificación.

Su teléfono sonó mientras caminaba hacia el camión. Darlene.

"¿Lo hiciste?"

"Sí."

Silencio. Su esposa procesando lo que significaba. No más empresa familiar. No más "legado" para dejar a Travis. No más identidad como "dueño de negocio exitoso."

"Estoy orgullosa de ti," dijo finalmente.

"No sé si deberías estarlo. Tal vez solo soy un tonto viejo tratando de limpiar mi conciencia."

"No. Eres un hombre bueno que tardó en darse cuenta. Pero te diste cuenta. Eso es lo que importa."

Wayne se recostó contra su camión, mirando el edificio donde acababa de firmar su vida laboral. "¿Cómo están los niños?"

"Mateo está cocinando. Otra vez. Creo que es su manera de mantener control. Simón construyó una réplica de su casa con Legos. Camila... dibujó a sus papás pero con alas, para que puedan volar de vuelta."

Cada detalle era una puñalada. Niños procesando trauma através de arte, construcción, rutinas domésticas. Niños que no deberían tener que procesar nada más que tareas y juegos.

"Voy para allá."

"Wayne... ¿te arrepientes?"

Miró sus manos. Manos que habían construido casas, negocios, una vida de certezas. Ahora construirían algo diferente.

"No. Por primera vez en mucho tiempo, no me arrepiento de nada."

2. Confrontación en el espejo

Esa noche, después de que los niños se durmieran (proceso cada vez más largo, más cuentos, más promesas de que mañana sería mejor), Wayne se encerró en su garaje. Su santuario. Su lugar para pensar.

Abrió una cerveza, pero no la tocó. Solo la sostuvo, sintiendo el frío del aluminio, anclándose al presente.

En la pared había fotos de proyectos completados. Casas, oficinas, ese centro comercial en Metairie del que estuvo tan orgulloso. En cada foto, trabajadores. Rostros morenos sudorosos sonriendo a la cámara. ¿Cuántos de ellos habrían sido deportados ya? ¿Cuántos vivían con el mismo miedo que había destrozado a los Ramírez?

"Hipócrita," se dijo al espejo sucio del garaje.

Porque eso era. Había construido su éxito sobre espaldas indocumentadas mientras votaba por políticos que prometían deportarlos. Había pagado salarios justos, sí, pero también se había beneficiado de su vulnerabilidad. Trabajadores que nunca se quejaban, nunca demandaban, nunca causaban problemas porque no podían.

Su teléfono vibró. Mensaje de texto de Tom, su amigo del club de tiro:

"Escuché que vendiste. ¿Todo bien? ¿Problemas financieros?"

Wayne casi rió. ¿Cómo explicar que los problemas no eran financieros sino morales? ¿Cómo decirle a Tom -quien tenía una calcomanía de "Build the Wall" en su camión- que Wayne ahora estaba usando todo para derribar muros?

No respondió. Ya habría tiempo para esas conversaciones. O tal vez no. Tal vez perdería amigos por esto. Tal vez ya los había perdido.

Otro mensaje, este de su hermano en Mississippi:

"¿Es verdad que tienes a los hijos de esos ilegales? Mamá está que no lo puede creer."

Su madre. 74 años de racismo sureño gentil disfrazado de preocupación cristiana. Las conversaciones que vendrían...

3. Educación tardía

A las 11 PM, Wayne estaba en la computadora, haciendo algo que nunca imaginó: investigando leyes de inmigración. Ana Castillo, la abogada, había sido clara: el dinero ayudaría, pero también necesitaban estrategia, evidencia, narrativa.

"Necesitamos demostrar dificultad extrema e inusual," había dicho. "No solo dificultad normal de separación familiar. Tiene que ser excepcional."

Wayne leyó casos. Familias destruidas reducidas a precedentes legales. Niños ciudadanos argumentados como daño colateral aceptable. Padres trabajadores tratados como criminales por el crimen de buscar mejor vida.

Encontró un caso similar al de los Ramírez. Padres deportados, hijos ciudadanos, resultado... deportación confirmada. El juez había escrito: "La dificultad de separación familiar, aunque lamentable, es consecuencia predecible de entrada ilegal."

Predecible. Lamentable. Consecuencia.

Palabras frías para describir el dolor que veía cada día en los ojos de Mateo, Simón y Camila.

Siguió buscando. Tenía que haber algo. Algún caso donde el amor ganara sobre la ley. Donde la humanidad trumpeara la burocracia.

A la 1 AM, lo encontró. Un caso en California. Circunstancias casi idénticas, pero el juez había considerado el impacto psicológico en los niños, especialmente uno con necesidades especiales. Cancelación de remoción otorgada.

Wayne imprimió todo. Subrayó párrafos clave. Tomó notas en los márgenes como estudiante universitario. A sus 38 años, estaba aprendiendo un idioma nuevo: el lenguaje de la esperanza legal.

4. Llamada nocturna

Su teléfono sonó a las 2 AM. Número desconocido. Normalmente no contestaría, pero estos días...

"¿Wayne Davis?"

"Sí."

"Soy Carlos. Trabajaba con Alejandro."

Carlos. Lo recordaba. Buen soldador, deportado en la misma redada.

"Carlos, ¿dónde estás?"

"México. Tijuana. Escuche, no tengo mucho tiempo. Hay algo que necesita saber."

"¿Qué?"

"Morrison, el supervisor de cumplimiento. No es casualidad que supiera exactamente cuándo hacer la redada. Alguien lo llamó. Alguien que conocía los horarios, que sabía quién tenía papeles y quién no."

El estómago de Wayne se hundió. "¿Quién?"

"No sé el nombre. Pero era alguien de adentro. Alguien que quería esos trabajos para su gente. Tenga cuidado, jefe. Si ayuda a Alejandro, van a venir por usted también."

La línea se cortó.

Wayne se quedó mirando el teléfono. ¿Un infiltrado? ¿Alguien en su propia empresa había...?

Pensó en los trabajadores nuevos. En las caras que no reconocía. En los comentarios casuales sobre "ilegales" que había ignorado.

La traición no solo venía de las políticas gubernamentales. Venía de vecinos, compañeros, gente que sonreía mientras afilaba cuchillos.

5. Confesión matrimonial

No pudo volver a dormir. A las 3 AM, Darlene lo encontró en la cocina, rodeado de papeles legales y tazas de café vacías.

"No puedes salvarlos con fuerza de voluntad," dijo suavemente, sentándose a su lado.

"Tengo que intentarlo."

"Lo sé. Pero también necesitas dormir. Los niños necesitan que estés fuerte."

"Carlos llamó. Dice que alguien de la empresa llamó a ICE. Que fue planeado."

Darlene palideció. "¿Quién haría eso?"

"No sé. Pero voy a averiguarlo."

"Wayne... tal vez deberías dejarlo. Ya vendiste la empresa. Ya estamos ayudando a los niños. Tal vez..."

"¿Tal vez qué? ¿Debo olvidar que mi mejor trabajador fue vendido por treinta monedas?"

"No es tu culpa."

"¿No?" Wayne la miró con ojos rojos de cansancio y culpa. "Yo creé el ambiente donde eso podía pasar. Yo voté por los políticos que hicieron las leyes. Yo miré para otro lado durante años."

"No puedes cargar con toda la culpa del sistema."

"No. Pero puedo cargar con mi parte. Y mi parte es suficientemente pesada."

Darlene tomó su mano. Después de 15 años de matrimonio, conocía sus humores, sus culpas, sus necesidades.

"¿Recuerdas cuando Travis nació? ¿Cómo prometimos darle un mundo mejor?"

"Sí."

"Esto es parte de eso. Hacer el mundo mejor a veces significa admitir que ayudamos a empeorarlo primero."

Era sabiduría dura, servida con amor suave. Su esposa había crecido también en estas semanas. La mujer que organizaba ventas de pasteles para la iglesia ahora organizaba resistencia legal. La evolución forzada por la proximidad al dolor.

"Los amo," dijo Wayne de repente. "A los niños. No solo los cuido por obligación. Los amo."

"Lo sé."

"Mateo me recuerda a mí a esa edad. Tratando de ser hombre muy pronto. Simón es pura imaginación, construyendo mundos mejores con Legos. Y Camila... Dios, Camila dibuja con tanta esperanza que duele mirarla."

"Son fáciles de amar."

"¿Por qué no los vi antes? Vivieron ahí años. ¿Por qué necesité una tragedia para verlos?"

Darlene no respondió. No había respuesta que no doliera.

6. Investigación privada

Los siguientes días, Wayne hizo su propia investigación. Habló con los trabajadores que quedaban, los que confiaban en él. Poco a poco, la imagen se aclaró.

Brett Sullivan. Supervisor nuevo, contratado hace seis meses. Sobrino de alguien en la junta de la ciudad. Había hecho comentarios sobre "limpiar" la empresa. Sobre traer "trabajadores americanos reales."

Wayne lo había ignorado. Otro redneck con opiniones, había pensado. No su problema mientras el trabajo se hiciera.

Pero Brett había sido sistemático. Documentando horarios, tomando fotos, construyendo un caso. Y cuando tuvo suficiente, una llamada a Morrison.

"Hijo de puta," murmuró Wayne, leyendo los reportes de tiempo que Brett había alterado para parecer héroe de productividad.

No podía probarlo. Brett había sido cuidadoso. Pero Wayne sabía. En sus huesos, sabía.

La pregunta era: ¿qué hacer con ese conocimiento?

7. Visita inesperada

El viernes por la tarde, mientras Wayne revisaba más documentos legales, alguien tocó la puerta. Wayne abrió para encontrar a un hombre latino mayor, bien vestido, pero con la fatiga de mil batallas en los ojos.

"¿Señor Davis? Soy el padre Francisco. De la iglesia San Pedro."

Wayne conocía la iglesia. La "iglesia mexicana" como algunos la llamaban, aunque servía a latinos de todas las nacionalidades.

"Padre. ¿En qué puedo ayudarlo?"

"Vengo a agradecerle. Y a ofrecer ayuda."

"¿Agradecerme?"

"Por los niños Ramírez. Por lo que está haciendo. La comunidad entera lo sabe."

Wayne se sintió incómodo. No quería ser héroe de nadie. "Solo hago lo correcto."

"Lo correcto cuando es difícil vale más que lo correcto cuando es fácil." El padre sonrió tristemente. "¿Puedo pasar?"

En la sala, el padre Francisco fue directo: "Tenemos un fondo. Para casos como este. No es mucho, pero cada dólar ayuda. También tenemos conexiones. Abogados que trabajan pro bono, activistas que conocen el sistema."

"No necesitamos caridad..."

"No es caridad. Es solidaridad. Hoy por los Ramírez, mañana por otra familia. Es como construimos comunidad cuando el sistema trata de destruirla."

Wayne lo miró. Este hombre había visto cientos de familias destrozadas. Había oficiado misas de despedida para deportados, bautizos de bebés que nunca conocerían a sus abuelos, bodas apresuradas antes de que ICE separara a los novios.

225

"¿Por qué confía en mí? Soy... era parte del problema."

"Era. Tiempo pasado. Lo que importa es quién elige ser ahora."

El padre dejó un sobre en la mesa. "Cinco mil dólares. Colectados peso a peso por gente que gana salario mínimo. Úselos bien."

Después de que se fue, Wayne abrió el sobre. Billetes gastados, algunos de cinco, muchos de uno. Podía imaginar las manos que los habían donado. Manos que lavaban platos, cortaban césped, limpiaban casas. Manos como las de Rosa.

Lloró entonces. Por primera vez desde que empezó todo. Lloró por la generosidad de los que menos tenían. Por los años desperdiciados en prejuicio. Por los niños durmiendo arriba que merecían mejor mundo.

8. Nueva estrategia

Esa noche, convocó reunión familiar. Los seis sentados alrededor de la mesa del comedor. Wayne había preparado notas, pero las abandonó al ver las caras esperanzadas de los niños.

"Ok, escuchen todos. Tenemos plan de batalla."

"¿Batalla?" preguntó Simón, emocionado.

"Batalla legal. Por sus papás." Wayne sacó los documentos. "La audiencia de su mamá es en cinco días. La de su papá en dos semanas. Necesitamos estar preparados."

Explicó la estrategia. Cartas de apoyo comunitario. Evidencia de arraigo. Impacto en los niños documentado por profesionales.

"Mateo, necesito que escribas sobre lo que significa para ti. Lo difícil que ha sido."

"No quiero parecer débil."

"No es debilidad. Es verdad. Y la verdad es nuestra mejor arma."

"Yo puedo dibujar," ofreció Camila. "Dibujar cómo me siento."

"Perfecto. Todo ayuda."

Savannah había estado callada. Ahora habló: "Puedo organizar a mis compañeros. Cartas de apoyo de la escuela."

"Yo también," dijo Travis. "Todos saben que Simón es mi mejor amigo."

Era hermoso ver a su familia -su familia expandida- unirse. No por lástima sino por justicia. No como salvadores blancos sino como familia peleando por familia.

"También," Wayne respiró profundo, "contraté detective privado. Para investigar quién llamó a ICE."

Los adultos lo miraron sorprendidos. Los niños no entendían las implicaciones.

"¿Para qué?" preguntó Darlene.

"Porque si puedo probar que fue venganza laboral, no aplicación rutinaria de ley, eso podría ayudar. Los jueces a veces consideran mala fe en el arresto."

Era una posibilidad remota. Pero Wayne había construido una empresa sobre posibilidades remotas hechas realidad con trabajo duro.

9. Madrugada de claridad

A las 4 AM del sábado, Wayne estaba despierto otra vez. Pero esta vez no por culpa o preocupación. Por claridad.

Salió al patio trasero. La casa de los Ramírez se veía fantasmal en la oscuridad, ventanas vacías como ojos muertos.

Pero no estaba muerta. Los niños vivían. El amor vivía. La esperanza, por tenue que fuera, vivía.

Wayne Davis, constructor de casas, destructor de familias por inacción, estaba construyendo algo nuevo. No con madera y clavos sino con actos y decisiones. Con dinero que podría haber sido herencia convertido en inversión de justicia.

Su teléfono vibró. Mensaje de Ana Castillo:

"Progreso. Juez acepto revisar evidencia de impacto en menores. Necesito declaraciones juradas para lunes."

Progreso. En este sistema diseñado para moler esperanza, progreso era victoria.

Wayne miró hacia el este, donde el cielo empezaba a aclarar. Nuevo día llegando. Nuevas batallas. Nuevas oportunidades de ser mejor que ayer.

Había destruido su empresa para salvar una familia. Había abierto grietas en sus propias certezas para dejar entrar luz.

A veces la destrucción es construcción. A veces las grietas son necesarias.

A veces un hombre tiene que perderlo todo para encontrar qué vale la pena salvar.

Los Ramírez valían la pena.

Su redención, si es que existía tal cosa, valía la pena.

Y mientras el sol salía sobre Kenner, Louisiana, Wayne Davis, ex dueño de empresa, nuevo guerrero reluctante por justicia, se preparó para otro día de batalla.

Porque algunas grietas, una vez abiertas, no se pueden cerrar.

Y algunas veces, eso es exactamente lo necesario.

Capítulo 16:
Juegos Peligrosos
(Perspectiva de Simón
Ramírez)

El fuerte secreto

Simón despertó antes que todos, como venía haciendo desde que sus papás desaparecieron. No es que quisiera. Es que su cerebro había decidido que dormir era para bebés y él ya no podía ser bebé.

Eran las 5:17 AM según el reloj de dinosaurios que Travis le había prestado. Los números brillaban verdes en la oscuridad, como ojos de T-Rex vigilando.

Se levantó sin hacer ruido. Mateo roncaba suavemente en la otra cama, con el ceño fruncido incluso dormido. Su hermano mayor siempre parecía preocupado ahora, como si llevara rocas invisibles en la espalda.

Simón se puso sus pantuflas de Spiderman -las que mami le compró en Target antes de que todo se pusiera mal- y salió al pasillo. La casa de los Davis era tan grande que a veces se perdía. No como su casa, donde conocía cada crujido del piso, cada manchita en la pared, cada lugar donde esconderse cuando jugaban.

Bajó las escaleras saltando el tercer escalón porque Mateo le había enseñado que chirriaba. En la cocina, sacó el jugo de manzana y se sirvió en su vaso especial -uno que la señora Davis había comprado solo para él, con dinosaurios que cambiaban de color con el frío.

Pero no era por el jugo que había bajado.

Se asomó por la ventana de la cocina. Su casa se veía oscura y sola al otro lado del jardín. Como una persona que había perdido su sonrisa.

Con el jugo en una mano y determinación en el corazón, Simón abrió la puerta trasera. El aire de la mañana estaba húmedo y tibio, típico de Louisiana en mayo. Los grillos todavía cantaban, ajenos a los dramas humanos.

Cruzó el jardín descalzo, sintiendo el rocío en el pasto. La puerta trasera de su casa verdadera estaba cerrada con llave, pero él sabía el secreto: la ventana del baño del primer piso nunca cerraba bien. Papi siempre decía que la iba a arreglar "el próximo fin de semana."

Ahora no había próximo fin de semana.

Simón empujó la ventana y se deslizó adentro como un ninja. El olor lo golpeó inmediatamente: casa cerrada mezclada con los fantasmas de comida colombiana y el perfume de mamá que todavía flotaba en las cortinas.

No lloró. Los ninjas no lloran.

Fue directo a su cuarto, al closet donde había construido su fuerte secreto hacía meses. Era simple: cobijas viejas sobre la barra de colgar ropa, almohadas en el piso, una linterna que funcionaba a veces.

Pero ahora era más que un fuerte. Era cuartel general de operaciones.

Simón sacó su libreta secreta -una que había "tomado prestada" del escritorio de Mateo- y revisó sus notas. Escribir no era su fuerte (las letras a veces salían al revés), pero los dibujos eran claros:

- Mapa de la casa con rutas de escape

- Lista de escondites si venían los hombres de ICE otra vez

- Dibujo de un robot gigante que podía pelear contra las camionetas blancas

- Plan para cavar túnel hasta México (tachado porque Mateo dijo que México quedaba muy lejos)

- Números de teléfono importantes copiados del refrigerador

Añadió nueva información: "Día 12 sin mamá y papá. Travis dice que su papá tiene plan. Investigar."

"¿Simón?"

La voz lo sobresaltó tanto que casi tira el jugo. Era Travis, asomándose al closet con cara de sueño.

"¿Qué haces aquí?" susurró Simón.

"Te vi desde mi ventana. Pensé que te estabas escapando."

"No me estoy escapando. Estoy... investigando."

Travis entró al fuerte, haciendo la promesa silenciosa de los mejores amigos de no revelar secretos. Se sentaron juntos en la penumbra, dos niños de ocho años enfrentando problemas de adultos.

"¿Qué investigas?"

Simón le mostró su libreta. "Maneras de traer a mis papás de vuelta."

Travis estudió los dibujos con seriedad. "El robot está cool. ¿Cómo funciona?"

"Tiene lásers en los ojos y puede volar y es inmune a las leyes malas."

"Necesitamos construirlo."

"Sí, pero no sé dónde conseguir lásers de verdad."

Se quedaron en silencio, contemplando las limitaciones de la física versus la necesidad de milagros.

"Mi papá vendió su compañía," dijo Travis de repente.

"¿Por qué?"

"Para pagar abogados para tus papás. Escuché a mamá llorando. Dijo que era mucho dinero."

Simón sintió algo raro en el pecho. ¿El papá de Travis había vendido su trabajo por ellos?

"¿Está enojado?"

"No. Está... diferente. Ya no ve las noticias gritando. Ahora se queda callado y escribe cosas."

2. Club de detectives

"Necesitamos más ayuda," declaró Simón después de considerar la situación. "Necesitamos un club."

"¿Qué tipo de club?"

"Club de detectives. Para investigar cómo traer a mis papás y ayudar al tuyo con el plan."

Travis se emocionó. "¡Sí! ¿Quién más puede entrar?"

Simón lo pensó. "Savannah sabe dibujar códigos. Y Mateo... no, Mateo diría que es peligroso."

"¿Camila?"

"Es muy chiquita. Se asustaría."

"¿Algunos de la escuela?"

Simón recordó las palabras feas, las miradas, los susurros de "ilegales" en el patio. "No. Solo nosotros y Savannah. Familia."

"Familia," concordó Travis solemnemente.

Hicieron un juramento ahí en el fuerte, mezclando palabras de películas de espías y promesas de hermanos:

"Juramos por los dinosaurios extintos y los Legos perdidos que el Club de Detectives Secretos buscará la verdad y traerá a la familia Ramírez de vuelta. Nadie puede saber. Peligro es nuestro segundo nombre. La justicia es nuestro superpoder."

Chocaron puños, sellando el pacto.

3. Primera misión

Más tarde esa mañana, mientras los adultos creían que jugaban videojuegos, Simón y Travis ejecutaron su primera misión: investigar el estudio del señor Wayne.

"Recuerda," susurró Simón, "somos ninjas. Silenciosos como gatitos."

"Los gatitos no son tan silenciosos," observó Travis. "El de la señora Chen maúlla toda la noche."

"Entonces como... como fantasmas."

"Mejor."

Se deslizaron por el pasillo, pegados a la pared como habían visto en las películas. El estudio estaba al final, puerta entreabierta, olor a café y preocupación adulta escapando.

233

Wayne no estaba, pero su escritorio era un caos de papeles. Documentos con palabras que Simón no entendía: "habeas corpus," "cancelación de remoción," "dificultad extrema."

"Mira esto," Travis señaló un papel con el membrete ICE.

Era una lista. Nombres, fechas, direcciones. Simón reconoció algunos: el señor Carlos que a veces le daba dulces, Miguel que tenía un hijo en su escuela, y ahí, subrayados en amarillo fluorescente: "Ramírez, Alejandro" y "Ramírez, Rosa."

"¿Por qué están en una lista?" preguntó Simón.

"No sé. Pero mira esto." Travis señaló otro papel, este escrito a mano. "Brett Sullivan - supervisor - posible informante."

"¿Qué es un informante?"

"Alguien que cuenta secretos. Como un soplón pero peor."

Simón sacó su libreta (primera regla del club: siempre documentar evidencia) y copió el nombre lo mejor que pudo. B-R-E-T S-U-L-I-V-A-N.

"¿Qué hacen aquí?"

Ambos saltaron. Savannah estaba en la puerta, brazos cruzados, con esa expresión de adolescente que significaba problemas.

"Nada," dijeron al unísono, lo cual era básicamente admitir culpa.

"¿Están husmeando en las cosas de papá?"

Simón tomó decisión ejecutiva. "Es para el club. El Club de Detectives Secretos. Para ayudar a mis papás."

Savannah los estudió. Simón contuvo la respiración. Si les decía a los adultos...

"¿Puedo unirme?" preguntó finalmente.

4. Ampliando operaciones

Con Savannah en el equipo, el Club de Detectives Secretos subió de nivel. Ella tenía habilidades que ellos no: podía leer cursiva, entendía más palabras grandes, y tenía teléfono.

"Ok," dijo en su primera reunión oficial en el fuerte (ahora trasladado al sótano de los Davis para mayor seguridad). "¿Qué sabemos?"

Simón presentó la evidencia: el nombre Brett Sullivan, las listas, los papeles de abogados.

"Brett Sullivan," Savannah tecleó en su teléfono. "Veamos... trabaja en construcción, vive en Metairie, y..." su cara cambió. "Oh."

"¿Qué?"

Les mostró la pantalla. Era una página de Facebook. Brett Sullivan, sonriendo con una gorra que decía "America First," sosteniendo una pancarta en lo que parecía ser una protesta.

"No entiendo," dijo Simón.

"Es de esos que odian a los inmigrantes," explicó Savannah suavemente. "De los que creen que personas como tus papás no deberían estar aquí."

"Pero mis papás son buenos."

"Lo sé. Pero algunas personas no les importa si eres bueno o malo. Solo les importa dónde naciste."

Era mucha verdad para procesar a los ocho años. Simón sintió algo duro crecer en su estómago.

"¿Él llamó a los hombres malos?"

"Tal vez. Eso es lo que necesitamos descubrir."

Travis había estado callado, procesando. "¿Cómo investigamos a un adulto? No podemos solo preguntarle."

"No," concordó Savannah. "Pero podemos ser más listos."

5. Inteligencia digital

Savannah les enseñó sobre "investigación digital" - básicamente stalkear en internet pero con propósito noble.

"Miren," mostró más publicaciones de Brett. Fotos en el trabajo, quejas sobre "ilegales tomando trabajos americanos," enlaces a artículos sobre deportación.

"Aquí," señaló una foto de hace dos meses. "Está con alguien de ICE. Miren el uniforme."

Era verdad. Brett tomándose selfie con un agente de ICE, ambos sonriendo como si fueran amigos.

"¿Crees que es el mismo que se llevó a mis papás?" preguntó Simón.

"No puedo ver bien la cara. Pero es conexión."

Simón tomó más notas. Su libreta se estaba llenando de pistas, teorías, dibujos de robots vengadores.

"Necesitamos más," declaró. "Necesitamos... ¿cómo se llama cuando escuchas conversaciones secretas?"

"¿Espiar?" sugirió Travis.

"Vigilancia," corrigió Savannah. "Y es peligroso. Si nos atrapan..."

"No nos van a atrapar," dijo Simón con confianza de ocho años. "Somos el Club de Detectives Secretos. El peligro es nuestro segundo nombre."

6. Misión vigilancia

El lunes después de la escuela, mientras Mateo creía que estaban en casa de Travis jugando, el Club ejecutó Operación Sombra (nombre sugerido por Simón, aprobado unánimemente).

Brett Sullivan vivía en un townhouse en Metairie, a veinte minutos en bicicleta. Savannah los llevó en el asiento trasero de la suya, turnándose.

"Recuerden las reglas," instruyó mientras se escondían detrás de un buzón. "No acercarse mucho. No hacer ruido. Si algo sale mal, corremos."

"¿Y si nos ve?" preguntó Travis.

"Decimos que estamos vendiendo chocolates para la escuela."

"No tenemos chocolates."

"Por eso esperamos que no nos vea."

Brett estaba en su entrada, hablando por teléfono. Los detectives se acercaron lo suficiente para escuchar fragmentos.

"...sí, valió la pena... limpiamos casa... no, no pueden rastrearlo hasta mí... tengo primos en el departamento..."

Simón escribía frenéticamente, capturando palabras aunque no entendiera todo el contexto.

"...el viejo Davis es un tonto... criando a esos mocosos ahora... se lo merece por contratar mojados..."

La palabra golpeó a Simón como puñetazo. La misma palabra que había empezado la pelea con Travis. Pero ahora Travis estaba a su lado, apretando los puños.

Brett se rio de algo que dijo la persona al teléfono. "...sí, el próximo trabajo será todo americano... como debe ser..."

Un carro pasó y tuvieron que esconderse mejor. Cuando miraron de nuevo, Brett estaba entrando a su casa.

"Vámonos," susurró Savannah.

7. Procesando verdades

De vuelta en el fuerte del sótano, procesaron la inteligencia recopilada.

"Definitivamente él llamó a ICE," concluyó Savannah. "Dijo 'limpiamos casa.'"

237

"Y llamó tonto a mi papá," añadió Travis con indignación.

"¿Qué hacemos ahora?" preguntó Simón. "¿Le decimos al señor Wayne?"

"Necesita pruebas reales. No solo lo que escuchamos."

"¿Cómo conseguimos pruebas?"

Savannah se mordió el labio. "Hay maneras... pero son más peligrosas."

"¿Qué tan peligrosas?"

"Como meternos en su email peligrosas."

Los niños se miraron. Era cruzar una línea. De jugar a detectives a ser detectives de verdad.

"Mis papás valen el peligro," dijo Simón finalmente.

"Sí," concordó Travis. "Familia vale todo el peligro."

8. Aprendiendo hacking

Savannah no sabía realmente hackear ("No soy de esas películas"), pero conocía a alguien que tal vez sí: Marcus, un chico de preparatoria que arreglaba teléfonos y "sabía de computadoras."

Lo encontraron en la biblioteca pública, rodeado de laptops viejas que estaba reparando.

"¿Para qué necesitan entrar a un email?" preguntó sospechosamente.

"Es... para un proyecto," mintió Savannah.

Marcus no se la creyó. "¿Qué tipo de proyecto necesita hackear emails?"

Simón, cansado de mentiras y medias verdades, explotó: "Para encontrar pruebas de que un hombre malo hizo que se llevaran a mis papás. Para traerlos de vuelta. Para que mi familia esté junta otra vez."

La honestidad cruda de un niño de ocho años es difícil de resistir. Marcus lo miró, luego a los otros.

"¿Es en serio?"

"Totalmente en serio," confirmó Savannah.

Marcus suspiró. "No puedo hackear emails. Eso es ilegal ilegal. Pero..." escribió algo en un papel. "Si alguien fuera muy tonto con sus contraseñas, y usara la misma para todo, y alguien supiera su Facebo ok..."

Era una pista envuelta en negación plausible. Savannah entendió.

"Gracias."

"No me agradezcan. No hice nada. No sé nada. No estuve aquí."

9. El intento

Esa noche, mientras los adultos cenaban abajo, el Club se reunió en el cuarto de Savannah con su laptop.

"Ok," respiró profundo. "Esto es probablemente ilegal."

"Tener a mis papás en jaulas es ilegal," respondió Simón.

No había argumento contra eso.

Savannah intentó varias combinaciones basadas en lo que habían aprendido de Brett del Facebook. Cumpleaños, nombre de perro, equipos de fútbol.

"No funciona."

"Prueba 'AmericaFirst'," sugirió Travis, recordando la gorra.

Savannah tecleó. La pantalla cambió.

"Oh Dios mío. Estamos dentro."

El inbox de Brett Sullivan se abrió ante ellos. Correos sobre trabajo, spam, y ahí...

"Mira ese." Simón señaló uno con asunto "Re: Operación limpieza."

Savannah lo abrió con manos temblorosas.

Morrison, Como discutimos, aquí está la lista de empleados sin documentación verificada en Davis Construction. He marcado los que viven en Kenner para facilitar operaciones. Alejandro Ramírez es el principal - veterano, los otros lo siguen. Si lo agarran a él, los demás entrarán en pánico.

Como acordamos, espero consideración para la posición de supervisor general cuando Davis tenga que contratar americanos de verdad.

Brett

"Lo tenemos," susurró Savannah. "Esta es la prueba."

Simón sintió algo entre triunfo y náusea. Habían encontrado al malo. Pero ¿ahora qué?

10. La decisión

"Imprime todo," dijo Simón.

"Espera," Savannah dudó. "Si mostramos esto, sabrán que entramos a su email. Podríamos meternos en problemas grandes."

"¿Más grandes que mis papás deportados?"

Era un punto válido.

"Podríamos ir a la cárcel de niños," advirtió Travis.

"No existe la cárcel de niños," dijo Simón, aunque no estaba 100% seguro.

Savannah tomó una decisión. "Voy a reenviar los emails a una cuenta nueva. Luego borramos todo rastro de que estuvimos aquí. Si alguien pregunta, alguien anónimo nos envió la información."

"¿Eso funciona?"

"En las películas sí."

No era el plan más sólido, pero era lo que tenían. Savannah trabajó rápido, reenviando evidencia, borrando historial, cubriendo huellas digitales virtuales.

"Listo. Ahora... ¿qué hacemos con esto?"

Los tres se miraron. Tenían evidencia de que Brett Sullivan había orquestado la redada. Que había vendido a familias enteras por un ascenso. Que el dolor de Simón tenía nombre y dirección.

"Se lo damos a tu papá," dijo Simón a Travis. "Él sabrá qué hacer."

11. La revelación

Esperar el momento correcto fue tortura. Los adultos estaban en modo crisis permanente - llamadas con abogados, papeles, susurros preocupados cuando creían que los niños no escuchaban.

Finalmente, después de la cena, cuando Wayne estaba solo en su estudio, el Club de Detectives Secretos tocó la puerta.

"¿Sí?"

Entraron en formación: Savannah al frente con los papeles, Travis y Simón flanqueándola como guardaespaldas miniatura.

"Papá, necesitamos mostrarte algo."

Wayne miró los papeles que Savannah puso en su escritorio. Su expresión cambió de confusión a shock a furia apenas contenida mientras leía.

"¿De dónde sacaron esto?"

"Alguien anónimo nos lo envió," dijo Savannah, técnicamente no mintiendo.

"Alguien anónimo." Wayne no parecía creerlo, pero estaba muy enfocado en el contenido para presionar. "¿Entienden lo que significa esto?"

"Que Brett es malo y vendió a mis papás," dijo Simón.

"Sí. Eso es exactamente lo que significa." Wayne se hundió en su silla. "Dios mío. Trabajó para mí seis meses. Comió en mi mesa. Y todo el tiempo..."

"¿Puedes usar esto para traer a mis papás?" preguntó Simón con esperanza desnuda.

Wayne lo miró, este niño de ocho años que había hecho trabajo de detective para salvar a su familia. "Voy a intentarlo. No prometo milagros, pero esto... esto podría ayudar. Muestra mala fe, venganza personal en lugar de aplicación rutinaria de ley."

Se levantó y, sorprendentemente, se arrodilló al nivel de los niños.

"Lo que hicieron fue peligroso. Y probablemente ilegal. Y no deberían haberlo hecho."

Los tres bajaron la cabeza.

"Pero," continuó, "también fue valiente. Y leal. Y exactamente lo que familia hace por familia."

Simón sintió lágrimas picar sus ojos. "¿No estás enojado?"

"Estoy... complicado. Orgulloso y aterrado al mismo tiempo. Prometan no hacer algo así de nuevo sin hablar conmigo primero."

"Prometido," dijeron los tres.

Wayne abrazó a cada uno. "El Club de Detectives Secretos queda oficialmente... en receso. ¿Entendido?"

"Entendido."

12. Esperanza renovada

Esa noche, Simón no pudo dormir, pero por razones diferentes. No por pesadillas o miedos, sino por posibilidad.

Habían encontrado al malo. Tenían pruebas. El señor Wayne dijo que podría ayudar.

Se levantó y fue a la ventana. Su casa seguía oscura al otro lado del jardín, pero ya no se veía tan muerta. Ahora que sabían la verdad, tal vez podrían arreglar las cosas.

"¿No puedes dormir?" Mateo estaba despierto.

"Hicimos algo bueno hoy," dijo Simón. "El Club de Detectives Secretos."

"¿Qué club?"

Simón le contó todo. Sobre Brett, la evidencia, la operación. Esperaba que Mateo se enojara, dijera que fue peligroso, irresponsable.

En lugar de eso, su hermano mayor lo abrazó fuerte.

"Eres el hermano más valiente del mundo," susurró Mateo.

"¿De verdad?"

"De verdad. Hiciste lo que yo no pude. Encontraste manera de pelear."

"Fue trabajo en equipo. Travis y Savannah ayudaron."

"Pero tú empezaste. Tú no te rendiste."

Se quedaron sentados en la cama, dos hermanos en la oscuridad, sostenidos por nueva esperanza.

"¿Crees que funcionará?" preguntó Simón.

"No sé. Pero ahora tenemos algo que no teníamos antes."

"¿Qué?"

"Verdad. Y a veces la verdad es el arma más poderosa."

Simón pensó en eso. En Brett Sullivan creyendo que había ganado. En sus papás en jaulas sin saber que sus hijos peleaban por ellos. En el Club de Detectives Secretos probando que los niños podían cambiar cosas.

"Mateo, cuando mamá y papá vuelvan, ¿crees que estarán orgullosos?"

"Ya están orgullosos. Donde sea que estén, saben que sus hijos son guerreros."

Guerreros. A Simón le gustó eso. Mejor que víctimas. Mejor que "los niños de los deportados."

Guerreros del Club de Detectives Secretos.

Salvando familias un email hackeado a la vez.

Era un juego peligroso. Pero cuando tu familia está en juego, todos los juegos se vuelven peligrosos.

Y a veces, solo a veces, los niños ganan.

Capítulo 17:
El Día Del Juicio,
(Perspectiva de Rosa
Ramírez)

Después de la ruptura

Preparación antes del amanecer

4:00 AM. Rosa no había dormido. ¿Cómo dormir la noche antes de que decidan tu destino? Se levantó de la colchoneta delgada, cada movimiento deliberado y silencioso para no despertar a las otras mujeres. Algunas roncaban suavemente. Otras, como ella, fingían dormir mientras contaban las horas.

En el baño comunal, se miró en el espejo rayado. Hoy no era Rosa la detenida número 247B. Hoy era Rosa Ramírez, madre, esposa, ser humano peleando por su derecho a existir donde había echado raíces.

Se lavó la cara con agua fría, peinó su cabello con los dedos -no había peines permitidos, podrían ser armas- y alisó el uniforme azul de detención lo mejor que pudo. No era mucho, pero era todo lo que tenía para presentarse ante un juez que decidiría si merecía volver con sus hijos.

"Hoy es tu día."

Dolores estaba detrás de ella, la mujer que llevaba tres meses esperando su propia audiencia.

"Estoy aterrada," admitió Rosa.

"Bien. El miedo significa que todavía te importa. Cuando dejas de tener miedo es cuando te han derrotado."

Rosa asintió, tragando el nudo en su garganta. No podía llorar. No hoy. Las lágrimas eran lujo que no podía permitirse.

"¿Algún consejo?"

Dolores pensó. "Mira al juez a los ojos. No te encojas. No pidas perdón por existir. Habla de tus hijos con verdad, no con lástima. Y Rosa... no te rindas, pase lo que pase. La primera audiencia no siempre es la última."

2. El traslado

A las 6 AM vinieron por ella. Dos guardias, una mujer latina que evitaba hacer contacto visual y un hombre blanco que parecía aburrido.

"Ramírez, Rosa. Traslado a corte."

Las esposas estaban frías contra sus muñecas. Los grilletes en los pies hacían imposible caminar con dignidad, solo ese shuffle humillante de pasos cortos. Pero Rosa mantuvo la cabeza alta. Por sus hijos. Por las mujeres que la observaban desde sus literas. Por ella misma.

La subieron a un van con otras tres mujeres, todas con audiencias hoy. Nadie habló durante el viaje de dos horas. ¿Qué se podían decir? ¿Buena suerte? ¿Esperanza? Las palabras sonaban huecas frente a la maquinaria de deportación.

Por la ventana enrejada, Rosa vio el mundo libre pasar: gente yendo al trabajo, niños esperando autobuses escolares, vida normal sucediendo mientras ellas eran transportadas como ganado.

¿Estarían sus hijos desayunando? ¿Mateo habría recordado el inhalador de Camila? ¿Simón se habría peinado para la escuela?

El edificio de la corte de inmigración era gris y sin alma, diseñado para intimidar. Más esperas. Más papeles. Más reducción a números y casos.

"Ramírez, courtroom 3B. Su abogada la espera."

3. Reunión con Ana

Ana Castillo se veía cansada pero determinada. Traje azul marino impecable, maletín lleno de carpetas, expresión de quien ha peleado estas batallas antes.

"Rosa. ¿Cómo está?"

"Nerviosa."

"Normal. Escuche, repasemos una vez más. El juez Hendricks es... complicado. No es el peor, pero tampoco el mejor. Le importan los hechos, no las emociones. Así que vamos a enfocarnos en el impacto concreto en sus hijos."

"¿Ellos están aquí?"

Ana negó. "Los menores no pueden entrar a la corte. Pero los Davis están afuera. Y tenemos algo nuevo."

Sacó unos papeles. Rosa reconoció la letra desordenada de Simón, los dibujos detallados de Camila.

"Sus hijos escribieron cartas. Mateo documentó todo lo que ha tenido que hacer desde que usted no está. Es... poderoso."

Rosa tomó las cartas con manos temblorosas. Las palabras de Mateo eran maduras, demasiado maduras para un chico de catorce años: "Trato de ser fuerte pero a veces Camila llora por mamá y no sé qué decirle..."

Los dibujos de Camila mostraban a la familia separada por una línea negra gruesa. Mamá y papá de un lado, los niños del otro, todos con lágrimas.

La carta de Simón era más simple pero desgarradora: "Mami, prometo portarme bien siempre si vuelves. No voy a pelear con Mateo. Voy a comer toda la comida aunque no me guste. Solo vuelve."

"También," continuó Ana, "tenemos evidencia nueva sobre las circunstancias de su arresto."

Le mostró los emails de Brett Sullivan. Rosa los leyó con creciente indignación. Vendidos. Habían sido vendidos por un ascenso.

"¿Esto ayuda?"

"Potencialmente. Muestra que no fue operación rutinaria sino venganza personal. Los jueces a veces consideran eso. No siempre, pero..."

"Pero es algo."

"Es algo."

4. La sala de espera

La sala de espera de la corte era su propio tipo de purgatorio. Familias fragmentadas esperando noticias. Abogados consultando notas de último minuto. Guardias vigilando todo con ojos aburridos.

Rosa fue esposada a una silla. El metal frío recordándole su estatus: no persona esperando justicia sino detenida esperando juicio.

A través de la puerta de vidrio podía ver el vestíbulo público. Y ahí, como apariciones, estaban los Davis. Wayne en traje que claramente no usaba seguido. Darlene con vestido conservador, agarrando un bolso como salvavidas.

No podían acercarse. No podían hablar. Pero Darlene levantó la mano a su corazón, luego la extendió hacia Rosa. Lenguaje universal: "Llevamos tu amor. Tus hijos están bien. No estás sola."

Rosa parpadeó rápidamente. No llorar. No aquí. No ahora.

"Ramírez. Es hora."

5. Ante el juez

La sala de corte era más pequeña de lo que esperaba. No como las de televisión con jurados y drama. Solo un juez, un escritorio elevado, banderas que prometían justicia que tal vez no llegaría.

El juez Hendricks era un hombre blanco de unos sesenta años, con cara que no revelaba nada. Ni cruel ni amable. Solo... oficial.

"Caso A-247-B, En el asunto de Rosa Ramírez. ¿La defensa está lista?"

"Sí, su señoría," respondió Ana.

"¿El gobierno?"

Un abogado joven que parecía recién salido de la escuela se levantó. "Listo, su señoría."

Y así comenzó. No con fanfarria sino con procedimiento. El gobierno presentó su caso: entrada sin inspección, presencia ilegal continua, sin camino a estatus legal.

Hechos fríos. Como si dieciséis años de vida pudieran reducirse a violaciones estatutarias.

Ana contraatacó con humanidad: madre de tres ciudadanos americanos, sin récord criminal, pagadora de impuestos, miembro contribuyente de la comunidad.

Rosa escuchaba como si fuera sobre otra persona. ¿Era ella realmente todos esos papeles, esas categorías, esas definiciones legales?

"Señora Ramírez," el juez finalmente se dirigió a ella. "¿Desea hacer una declaración?"

Ana le había preparado. Habían practicado. Pero ahora, frente al hombre que tenía su vida en sus manos, las palabras ensayadas se evaporaron.

6. Testimonio del corazón

Rosa se levantó. Las cadenas sonaron con el movimiento, recordatorio metálico de su estatus.

"Su señoría," empezó, su voz más firme de lo que esperaba. "Sé que violé la ley al entrar sin permiso. No lo niego. Pero le pido que considere por qué."

Respiró profundo. "En Colombia, cuando mi hermana perdió a su bebé por falta de medicinas en el hospital público, decidimos que nuestros hijos merecían un sistema de salud mejor."

El juez escuchaba sin expresión, pero al menos escuchaba.

"Vinimos aquí no por el sueño americano de riqueza. Vinimos por el sueño universal de padres: que nuestros hijos vivan. Que tengan oportunidad. Que no mueran por ser pobres."

"Trabajé limpiando hoteles por dieciséis años. Mi esposo, el ingeniero que construyó puentes, carga cemento. No nos quejamos. Cada día de trabajo duro vale la pena cuando veo a mis hijos sanos, educados, con futuro."

RAÍCES EN TIERRA AJENA

Su voz se quebró ligeramente. "Simón quiere ser inventor. Dibuja máquinas imposibles y cree que todo se puede arreglar. Camila es artista. Ve belleza donde otros ven nada. Mateo... Mateo tuvo que crecer muy rápido estas semanas. Catorce años y actuando como padre."

"No le pido lástima, su señoría. Le pido que vea a mis hijos como lo que son: americanos. Este es su país. Su idioma. Su hogar. Yo solo soy su madre. Si me deporta, no me castiga solo a mí. Castiga a tres niños americanos que no eligieron dónde nacer sus padres."

"He estado detenida veintiún días. Veintiún días sin abrazar a mis hijos. Sin cocinarles. Sin revisar tarea o curar rodillas raspadas o cantar canciones de cuna. Veintiún días que para una madre son veintiún años."

Se detuvo, mirando directamente al juez. "Sé que para usted soy un caso más. Un número más. Pero le suplico que recuerde que detrás de cada número hay una familia. Detrás de cada deportación hay niños que lloran por sus padres."

"No puedo cambiar cómo llegué aquí. Pero estos dieciséis años he tratado de ganar mi lugar con trabajo, con amor, con contribución. Mis hijos son la prueba de que sí pertenecemos. Son maestros, doctores, ingenieros del futuro. Son lo mejor de América porque combinan dos culturas, dos idiomas, dos formas de ver el mundo."

"Por favor, su señoría. Déjeme seguir siendo su madre. Es todo lo que pido."

7. Los argumentos

Se sentó, agotada. Ana apretó su hombro sutilmente. Apoyo silencioso.

El abogado del gobierno se levantó. "Conmovedora historia, su señoría. Pero la ley es clara. La entrada ilegal no puede ser recompensada. Si permitimos que todos los que tienen hijos ciudadanos se queden, incentivamos más inmigración ilegal."

"Además," continuó, hojeando papeles, "la señora Ramírez ha tenido dieciséis años para regularizar su estatus. No lo hizo."

Ana saltó. "Objeción a esa caracterización. No existe mecanismo legal para que alguien que entró sin inspección regularice estatus. Mi cliente no 'eligió' no legalizarse. La ley no provee camino."

"Precisamente," respondió el fiscal. "La ley no provee camino porque la entrada ilegal es violación seria. Las consecuencias son deportación."

"¿Y las consecuencias para tres niños americanos?" presionó Ana. "¿El gobierno está preparado para pagar el costo social, económico y psicológico de criar tres niños sin padres?"

"Los niños pueden ir con su madre a Colombia."

"¿Castigar a ciudadanos americanos con exilio de facto? ¿Negarles su derecho birthright a vivir en su país?"

El debate legal continuó. Precedentes citados. Estatutos interpretados. Vidas humanas reducidas a argumentos jurídicos.

Rosa escuchaba, pero también flotaba. Pensaba en sus hijos desayunando. En Alejandro en otro centro de detención. En la casa vacía con sus plantas probablemente muertas.

8. Evidencia de impacto

"Su señoría," Ana se levantó de nuevo. "Quisiera presentar evidencia del impacto específico en los menores."

Presentó las cartas de los niños. Los dibujos. El testimonio escrito de Mateo sobre sus nuevas responsabilidades.

"También tenemos declaración jurada de la psicóloga escolar." Ana leyó: "Camila Ramírez, de seis años, ha mostrado regresión significativa desde la detención de sus padres. Pesadillas recurrentes, ansiedad de separación, negativa a participar en actividades que antes disfrutaba."

"Simón Ramírez, ocho años, ha desarrollado comportamientos obsesivos-compulsivos relacionados con seguridad. Verifica puertas múltiples veces, esconde comida 'por si acaso,' muestra hipervigilancia no apropiada para su edad."

"Mateo Ramírez, catorce, presenta síntomas de estrés postraumático. Insomnio, pérdida de peso, asunción prematura de responsabilidades parentales."

Cada palabra era una herida. Rosa quería gritar: ¡Yo no hice esto! ¡Ustedes hicieron esto a mis bebés!

"Además," continuó Ana, "presentamos evidencia nueva sobre las circunstancias del arresto."

Los emails de Brett Sullivan fueron leídos en voz alta. La conspiración. La venta de familias por promoción laboral.

El juez frunció el ceño. Primera emoción real que mostraba. "¿Está alegando persecución selectiva?"

"Estamos alegando que mi cliente fue específicamente targeted por razones personales, no como parte de operación rutinaria de cumplimiento de ley."

"Mmm." El juez tomó notas.

9. La espera insoportable

"Voy a revisar la evidencia," anunció el juez. "Receso de treinta minutos."

Treinta minutos. Mil ochocientos segundos para decidir una vida.

Rosa fue llevada a una celda pequeña adyacente a la corte. Ana vino a verla.

"Fue excelente. Tu testimonio fue poderoso."

"¿Es suficiente?"

Ana dudó. "Hendricks es impredecible. He visto casos más fuertes perder y más débiles ganar con él. Pero la evidencia de Brett Sullivan claramente lo molestó. Eso es bueno."

"¿Y si dice que no?"

"Apelamos. Peleamos. No nos rendimos."

"Mis hijos..."

"Están afuera. Con los Davis. Querían venir pero les expliqué que no podían entrar. Mateo entendió. Está siendo muy fuerte."

"No debería tener que ser fuerte. Debería ser niño."

"Lo sé. Por eso estamos peleando."

Un guardia apareció. "Cinco minutos."

Rosa cerró los ojos. Oró. No sabía si Dios escuchaba oraciones desde centros de detención, pero tenía que intentar.

Por favor. No por mí. Por ellos. Déjame ser madre. Es todo lo que sé ser.

10. El veredicto

"Todos de pie."

El juez Hendricks regresó. Su expresión no revelaba nada. Rosa sintió que su corazón podría explotar.

"He revisado la evidencia presentada en el caso de Rosa Ramírez. Los hechos no están en disputa. La señora Ramírez entró a Estados Unidos sin inspección hace dieciséis años. Ha permanecido sin estatus legal desde entonces."

Cada palabra como clavo en ataúd.

"Sin embargo," el juez pausó, "la corte debe considerar no solo la letra de la ley sino también las circunstancias extraordinarias cuando ciudadanos americanos, especialmente menores, se ven afectados."

¿Esperanza? ¿Era eso esperanza?

"La evidencia del impacto psicológico severo en tres niños ciudadanos es substancial. Además, la evidencia de que el arresto fue resultado de conspiración personal en lugar de prioridades legítimas de aplicación de ley es... preocupante."

Rosa apenas respiraba.

"La corte también nota el récord limpio de la acusada, su historia de empleo estable, pago de impuestos, y contribuciones comunitarias."

"Sin embargo..."

No. Por favor no.

"La ley es clara respecto a entrada sin inspección. No puedo ignorar violaciones estatutarias porque la violadora sea buena persona o buena madre."

Las piernas de Rosa casi ceden. Ana la sostuvo discretamente.

"Por lo tanto..."

11. Entre la esperanza y el abismo

"Por lo tanto, la corte ordena lo siguiente:"

Rosa cerró los ojos. No podía mirar.

"Se otorga suspensión de remoción por un período de dos años, condicionada a lo siguiente:"

¿Suspensión? ¿No deportación inmediata?

"Uno: La acusada debe reportarse mensualmente a ICE. Dos: No puede salir del estado de Louisiana sin permiso. Tres: Debe mantener empleo verificable. Cuatro: No puede cometer ningún crimen, incluyendo infracciones menores."

"Durante estos dos años, la acusada puede aplicar para ajuste de estatus si se vuelve elegible através de reforma legislativa o acción ejecutiva. Si no se logra ajuste en dos años, el caso será revisado."

"Además, dada la evidencia de conspiración en su arresto, la corte recomienda investigación del individuo Brett Sullivan por posible obstrucción de justicia."

"Finalmente," el juez la miró directamente, "Señora Ramírez. Tiene dos años. Use este tiempo sabiamente. La corte no puede garantizar que el próximo juez sea tan... considerado con las circunstancias."

"¿La defensa entiende la orden?"

Ana casi gritó: "¡Sí, su señoría! Entendemos y agradecemos la consideración de la corte."

"¿El gobierno?"

El fiscal se veía derrotado. "Entendido, su señoría."

"Se levanta la sesión."

12. Libertad condicional

Todo pasó muy rápido después. Firmas. Papeles. Tobillera electrónica instalada ("Para monitorear cumplimiento"). Más papeles.

"No es victoria completa," advirtió Ana. "Pero es tiempo. Dos años para encontrar solución permanente."

"Pero puedo ver a mis hijos."

"Sí. Puedes ir a casa."

Casa.

La procesaron para salida. Le devolvieron sus pertenencias - el collar de Alejandro, fotos de los niños, veintisiete dólares que parecían fortuna.

Y entonces, de repente, estaba en el vestíbulo público.

"¡MAMI!"

Tres voces gritando al unísono. Tres cuerpos.

FIN

EPÍLOGO
CONSTRUYENDO PUENTES

EPÍLOGO: CONSTRUYENDO PUENTES

*K**enner, Louisiana - Un año después*
La placa de bronce brillaba bajo el sol de Louisiana: **"Davis & Ramírez Construction Consulting - Engineering Solutions for Community Development."**

Wayne se detuvo frente a la oficina, una casa renovada en el centro de Kenner que habían convertido en su sede. Nunca imaginó que su nombre estaría junto al de Alejandro como socios iguales, pero ahí estaba. Y se sentía correcto.

"¿Nervioso?" preguntó Alejandro, saliendo del edificio con planos bajo el brazo.

"Un poco. Es nuestro proyecto más grande hasta ahora."

Alejandro sonrió. "El centro comunitario va a cambiar todo el barrio. Dos años atrás, yo cargaba cemento para tus proyectos. Ahora diseñamos juntos."

"Dos años atrás, yo era un hipócrita que votaba por deportarte mientras te pagaba. Las cosas cambian."

Se dirigieron hacia el sitio de construcción. El Centro de Recursos para Inmigrantes "Nuevas Raíces" sería su obra maestra: clínicas gratuitas, clases de inglés, asesoría legal, espacios comunitarios. Financiado con el dinero de la venta de la empresa anterior de Wayne y una subvención federal que Alejandro había conseguido por su innovador diseño de eficiencia energética.

"Papá, ¿podemos ir al sitio después de la escuela?" Simón apareció corriendo, con Travis justo detrás.

"Solo si prometen no tocar la maquinaria," respondió Alejandro.

"¡Prometemos!" gritaron los dos niños antes de correr hacia el autobús escolar.

Wayne observó la amistad intacta entre los muchachos. La separación los había fortalecido en lugar de romperlos. Simón había vuelto diferente del trauma - más maduro pero conservando su curiosidad inventiva. Travis había aprendido que la amistad verdadera requiere lucha.

"¿Cómo va Mateo con las aplicaciones universitarias?" preguntó Wayne mientras caminaban.

"Bien. Quiere estudiar ingeniería civil como yo, pero con especialización en diseño sostenible. Dice que va a construir puentes que duren mil años."

"¿Y Camila?"

"Arte terapia. Quiere ayudar a niños que han pasado por trauma familiar. Dice que los dibujos salvan almas."

Llegaron al sitio donde una docena de trabajadores - todos documentados, todos con salarios justos - levantaban la estructura. Wayne había insistido en contratar únicamente personal legal y pagar por encima del mercado. "Nunca más," se había prometido.

"Buenos días, ingeniero," saludó Miguel, el supervisor de obra. Era el mismo Miguel que había sido deportado durante la redada, pero había logrado regresar legalmente después de dos años de lucha.

"Buenos días, Miguel. ¿Cómo va el cronograma?"

"Perfecto. Si seguimos así, inauguramos en tres meses."

Alejandro revisó los planos con Miguel mientras Wayne observaba. Su socio había florecido al poder usar finalmente su verdadera experiencia. Los trabajadores lo respetaban no solo por ser jefe, sino por entender sus luchas. Había estado en sus zapatos.

"Wayne," Alejandro lo llamó. "Necesitamos decidir sobre los materiales para el puente peatonal."

Ah, el puente. Su proyecto favorito dentro del proyecto. Una pasarela que conectaría el centro comunitario con el barrio donde vivían los Ramírez, eliminando la barrera de la autopista que había dividido la comunidad por décadas. Simple en concepto, pero profundo en simbolismo.

"¿Qué recomiendas?" preguntó Wayne.

"Acero estructural con elementos decorativos que representen las culturas de la comunidad. Durará generaciones."

"Hazlo."

Mientras revisaban especificaciones técnicas, Wayne reflexionó sobre su transformación. El hombre que había vendido su empresa para salvar a los Ramírez ahora construía una nueva con uno de ellos. El hombre que había vivido en una burbuja de privilegio ahora testificaba regularmente en casos de inmigración, usando su voz para amplificar a los sin voz.

"¿Qué piensas para la placa del puente?" preguntó Alejandro.

Wayne sonrió. "Tengo algunas ideas."

A la hora del almuerzo, se dirigieron a casa de los Davis - ahora oficialmente casa de ambas familias. Rosa había establecido su negocio de catering desde la cocina expandida, especializándose en comida colombiana para eventos corporativos. Su sueño del food truck había evolucionado en algo más grande.

"¿Cómo va el caso de ciudadanía?" preguntó Darlene mientras servía sancocho.

"Bien," respondió Rosa. "Ana dice que con la nueva administración y mi récord limpio, tengo buenas posibilidades. La suspensión de remoción me dio tiempo para construir un caso sólido."

"Y Alejandro ya tiene su visa de trabajo por la empresa," añadió Wayne. "Patrocinamos su ajuste de estatus el próximo año."

Darlene sonrió. Su esposo había aprendido el lenguaje legal de inmigración como había aprendido construcción - completamente y con propósito.

Después del almuerzo, Wayne se dirigió al juzgado. Hoy testificaría en el caso de otra familia separada - su tercera vez este mes. El juez Hendricks lo conocía ya como "el contratista que cambió de bando."

"Su honor," dijo Wayne al micrófono, "conocí a la familia Morales cuando trabajaron en mis proyectos. Son personas de integridad que han contribuido a nuestra comunidad por ocho años. Separarlos de sus hijos ciudadanos sería una injusticia."

Era un discurso que había dado muchas veces, pero cada vez lo sentía más profundo. Cada familia salvada reparaba algo en su alma.

Esa tarde, de vuelta en la oficina, Alejandro trabajaba en el diseño final del puente mientras Wayne revisaba contratos. La pared estaba llena de certificados - premios por responsabilidad social empresarial, reconocimientos de la cámara de comercio latino, fotos con políticos locales que habían cambiado sus posturas sobre inmigración.

"Wayne," dijo Alejandro sin levantar la vista de los planos, "quiero que sepas algo. Cuando estaba en detención, pensé mucho en el perdón."

Wayne dejó de escribir.

"No porque me debieras algo, sino porque el odio es una carga pesada. Perdonarte me liberó tanto como te liberó a ti."

"No merecía tu perdón."

"El perdón no se trata de merecer. Se trata de elegir quien quieres ser."

Wayne asintió, la garganta apretada. Un año después, Alejandro seguía enseñándole lecciones.

"La placa del puente," dijo Wayne después de un momento. "Ya sé qué debe decir."

Al atardecer, las dos familias se reunieron en el patio trasero compartido. Los niños jugaban mientras los adultos planeaban la inauguración del centro comunitario. Sería un evento grande - el alcalde vendría, habría cobertura de noticias, celebración comunitaria.

"¿Sabes qué es lo más loco?" dijo Wayne, observando a Travis y Simón construir algo elaborado con palos y cuerda.

"¿Qué?"

261

"Pensé que había perdido todo cuando vendí la empresa. Resulta que solo perdí lo que no valía la pena conservar."

Rosa sirvió café colombiano en tazas que Camila había pintado - cada una con diseños diferentes pero combinando elementos estadounidenses y latinoamericanos.

"Para el puente," anunció Wayne, "propongo esta placa: 'Construido por la comunidad, para la comunidad. Donde antes había división, ahora hay conexión. Davis & Ramírez Construction, 2025.'"

"Me gusta," dijo Alejandro. "Pero añade algo."

"¿Qué?"

"'Los puentes más fuertes se construyen sobre fundamentos de comprensión mutua.'"

Darlene alzó su taza. "Por los puentes."

"Por las raíces," añadió Rosa.

"Por la familia," dijeron los niños.

"Por la familia," repitieron los adultos.

Mientras el sol se ponía sobre Kenner, Wayne miró a su alrededor. Una empresa próspera construida sobre justicia. Niños que habían convertido trauma en fortaleza. Amistades que habían sobrevivido lo impensable. Una comunidad que había elegido la inclusión sobre la división.

No era el sueño americano que había imaginado. Era mejor. Era un sueño compartido, construido con las manos de muchos, fuerte como los puentes que diseñaban juntos.

En el jardín, Simón y Travis terminaron su construcción - una estructura imposible que desafiaba la gravedad y el sentido común, pero que de alguna manera se mantenía en pie.

"¿Cómo funciona?" preguntó Wayne.

"No lo sabemos," admitió Simón. "Pero funciona."

Wayne sonrió. Como su nueva vida. Como su nueva familia. Como su nuevo país.

No sabían exactamente cómo funcionaba. Pero funcionaba.

Y eso era suficiente.

Fin

www.ingramcontent.com/pod-product-compliance
Lightning Source LLC
Chambersburg PA
CBHW060734180626
46819CB00001B/17